NO LLORES POR NOSOTROS, PUERTO RICO

D0082624

Luis Rafael Sánchez

NO LLORES
POR NOSOTROS,
PUERTO RICO

EDICIONES DEL NORTE

primera edición, agosto de 1997
segunda edición, octubre de 1997

Portada, José Rosa

©Ediciones del Norte
P.O. Box 5130
Hanover
NH 03755
U.S.A.

ISBN 0-910061-42-4 (PB)
ISBN 0-910061-59-9 (HC)

Indice

*Yo he conocido cantores
que era un gusto el escuchar;
mas no quieren opinar
y se divierten cantando;
Pero yo canto opinando
que es mi modo de cantar.*

Martín Fierro

NOTICIAS

El debut en Viena

Sobresale en la filmografía de Luis Buñuel, el español que tiene el universo como patria alterna, una comedia de título promisorio y socarrón, *El discreto encanto de la burguesía*. Sobresale por la intención más que por el logro, por las hábiles composiciones del retrato más que por las impiadosas revelaciones de la radiografía. Hay mordiscos críticos que avienen a caricias si se los compara con los feroces de *Tristana* o los desolladores de *Viridiana*, hay sosera y opacidad en la actuación pese a la intervención en el filme de unas divas calibradas como Delphine Seyrig y Bulle Orgier. Finalmente, más de una peripecia acaba por envejecerla el *gag* con que se la resuelve. Como si el ingenio autoral estuviese contenido o boto.

La licitud de los peros anteriores no impide reconocer que sobresale, asimismo, la voluntad de hacer *otra* película, imposible de comparar con aquellas en que el deseo se escurre hacia las zonas menos exteriorizadas de la depravación, aquellas en que se viste a la sexualidad con los hábitos nazarenos de la culpa. Pienso en *Belle de jour*, pienso en *El ángel exterminador*; sopesadas piezas de texturas escandalizantes e hilos retorcidos que dan a luz algunas de las sombras más borrascosas de la condición humana.

Como toda inteligencia bragada e insumisa, la de Luis Buñuel desatiende, tan temprano como cuando rueda *El perro andaluz*, las opresivas imposturas del *éxito* y del *fracaso*. La desatención a ambas imposturas, además del abrazo al feroz riesgo que materializa el arte que deja huella, fortalece a Luis Buñuel y lo capacita para ensayar las armas nuevas, para tantear unas combustiones inesperadas contra la aborrecible tiranía de los convencionalismos.

GLOSA EN BLANCO Y NEGRO DE UN FILME TECNICOLOR

Con la asistencia de un bisturí de hoja sutil y mango de nácar, delicada y considerablemente, Luis Buñuel interviene la piel amanerada de la clase en cuyo comportamiento reconoce un encanto menor y un eco leve. Es decir, un discreto encanto. La menoración y la levedad, junto a la voluntad de agrado, entonan la película y la *eterizan*, liman las asperezas de la clase que la inspira; clase todo unto y fachada que sí encuentra la horma de sus zapatos en otra película francesa, de veras tajante y castigadora, de veras expositora de las ridiculeces en que se suele emplear la burguesía insustancial, *Mi tío* de Jacques Tati.

Tantos matices alcanza la insustancialidad burguesa, tantos engreimientos la expresan, de tantas maneras se patentiza, que Gustave Flaubert se sienta a alfabetizarla en el inolvidable *Diccionario de tópicos* -una gira triunfal por los rimbombos lexicales que vocaliza la burguesía cuando quiere altisonar.

Irónico más que sarcástico, un tantillo frenado, el lenguaje verbal de *El discreto encanto de la burguesía* contiene unas enunciaciones momificadas, parecidas a las que sugirieron a Eugene Ionesco su implacable teatro de la comunicación cretina y a Ambrose Bierce el *Diccionario del diablo*; unas enunciaciones que casamentan la fatuidad y la vacuidad:

a. Sus deseos son mis órdenes.
b. La cigüeña acaba de visitarnos.
c. Pasaré una temporada en el extranjero.
d. Mi hija contrajo nupcias hace tres meses.
e. Le presento a mi esposa, la señora de García.

Salta al oído que se trata de unos decires almidonados que aquella burguesía, dueña de muchos pesos y de pocos sesos, asocia con la expresión plena y la ultracorrección, con la forma ideal. Pues en el sometimiento a los yugos de la forma la burguesía necia descubre los favores del destino: más vale parecer que ser.

Aquellos lenguajes vacíos o cretinos, aquellos que denotan la vaciedad o el cretinismo, encaminan los lenguajes visuales de *El discreto encanto de la burguesía*; los encaminan y los hermanan: las cenas artificiosas, la fineza confundida con la extravagancia, la vida asemejada a una pasarela por donde desfilan las vanidades más estrepitosas. Artista subversor antes, ¿artista compasivo ahora?, encuadre tras encuadre, secuencia tras secuencia, Luis Buñuel apunta, desglosa y comenta los mil y un usos burgueses. Pero, olvida los abusos.

Fuera de la película *El discreto encanto de la burguesía* quedan las trepas, las ambiciones y las chaturas de la clase que pretende comprar lo que no se vende—el buen gusto, la sensibilidad, el conocimiento decantado en la paciencia. Las trepas, las ambiciones y las chaturas se empeoran cuando la burguesía frecuenta los círculos linajudos o bien *apellidados*, cuando hipoteca la decencia por alquilar un *room at the top*. Entonces, como lo narran los macrotextos de la insatisfacción burguesa, *La de Bringas* y *Madame Bovary*, se traslucen los síntomas de la neurosis—la ansiedad y el desvelo, la inapetencia y la depresión nerviosa. Entonces, como lo noticia la progresiva descomposición de Rosalía Pipaón y de Emma Bovary, se prescinde del decoro y se descertifica la dignidad.

Fuera de la película *El discreto encanto de la burguesía* queda el rasgo típico, el rasgo seminal de la clase burguesa—la rapacidad. No hay límite a la ambición burguesa de influencia y mando, no hay cantidad de dinero que la burguesía considere suficiente para atender *sus necesidades*.

Recordé la película de Luis Buñuel, con la intensidad que reflejan los párrafos anteriores, cuando leí en las *páginas sociales* de la prensa puertorriqueña, una noticia que parecía provenir de la *Comedia*. De la *humana* o la balzaciana, desde luego, si bien los círculos de la *divina* los repletan aquellos seres caídos por culpa de la incontinencia y otros parecidos abusos, otras parecidas rapacidades.

Más que noticia, se trataba de una convocatoria a las quinceañeras *bien*, las quinceañeras *cachendosas* del país puertorriqueño para debutar en Viena. La Viena hecha de opereta y tul. La Viena venteada por las flautas mágicas de Mozart. La Viena que valsa junto a los azules del Danubio. La Viena nostálgica que todavía llora a la emperatriz Sissi—mujerona de estatura ingrácil y dentadura podrida cuyas pronunciadas fealdades las corrigió la belleza sosegada de Rommy Schneider cuando la cinematografía tejió un peliculón de *época* alrededor de su desarreglado vivir y su insólito morir.

DIGRESIÓN GRAMATICAL

Adaptaciones morfológicas y semánticas de la voz francesa *cachet* —que significa marca de calidad o sello de garantía—son las voces *caché* y *cachendosa* que, en el Puerto Rico contemporáneo, nominan la femineidad hiper maquillada y ultra vestida, super entaconada y enjoyada más allá de toda duda— collar, pulsera, anillo de casada, sortijas suplementarias, pendantif, camafeo, dije zodiacal, esclava, aretes, *you name it*. Ambas voces, como las fuentes acuáticas de los parques de diversión, se ramifican hasta llevar a evocar el lamé y la perlería, las trenzas de canutillos y las arrobas de lentejuelas. Ambas voces ocultan muchas voces. Incompleta resultaría la digresión si no se expusieran algunas:

     a. La señorita que tiene caché o se sabe cachendosa se regodea en el espacio donde se sitúa. Igualmente, maneja cualquier situación, incluso la majadera o la inoportuna, sin perder la tabla, sin que se le desvíe la ceja, sin que se le macule el vestido.

b. La señorita que tiene caché o se sabe cachendosa viste y calza a la altura de la ocasión pero no deja que la ocasión apague las brasas de la individualidad. ¡Muerta antes que parecerse a otra mortal!

c. La señorita que tiene caché o se sabe cachendosa vive informada de los colores *in*, de los colores *out* y de los colores cuyo *comeback* está al caer.

d. La señorita que tiene caché o se sabe cachendosa lo mismo pinta que raspa. Si conviene el guante o conviene el mitón se presenta con guante o con mitón. Si la cosa hay que lucirla con estola o con mantilla se persona con estola o con mantilla. Si el asunto manda quedarse en bikini o en monokini se queda en bikini o en monokini.

Según el dogma de las papisas del *finishing* y el *polishing*—Ann Landers, Miss Manners, Dear Abby—la distinción y la elegancia son miramientos sobrios y recatados que cesan en cuanto estalla la *fabulosidad*—la transformación de la apariencia en acontecimiento se llama fabulosidad. Sin embargo, en el Puerto Rico actual, las voces *caché* y *cachendosa* contrarían el sentido que les otorga el papisado. La señorita o la señora que se quiere cachendosa se instala en el exceso—el vestido apoteósico, el peinado apocalíptico, la wagnerización de las pestañas postizas.

En resumidas cuentas, los vocablos *caché* y *cachendosa* integran una pareja lexical cuyas contorsiones semánticas exigen la supervisión de un académico de la lengua con perspicacia coreográfica.

Aclaro, las quinceañeras eran el mocil pretexto para tramitar una invitación destinada, realmente, a la frivolidad presuntuosa de las madres y la cuenta bancaria de los padres—a la histeria y la falonudez hubiera dirigido la invitación el ciudadano vienés Sigmund Freud.

Rito paradigmático de la Sociedad Afluente, rito de iniciación y de agasajo en la forma de baile a todo trapo, rito que enmarcan los salones de las instituciones rancias, en el debut se dramatiza el quinceno cumpleaños de las señoritas. El encaramiento de la frivolidad, como un *job* a tiempo completo, acuerda en el debut la salida—*en sus marcas, listas, fuera.* A continuación del debut quinceañero, debutan las gruesas capas de maquillaje que amortajan la juventud, debutan las transigencias con los prejuicios capitales, debuta el convencimiento en el derecho a vivir de privilegio en privilegio.

Que quince años no es nada

La fijación de los quince años como la edad de ganar la atención social tiene los vestigios del anacronismo. Antes de cumplir los quince años, las señoritas bien, las señoritas presuntuosas, las señoritas *cachendosas*, han peregrinado por los malos ratos de la temprana adolescencia. Antes, mucho antes de cumplir los quince años líricos, han portado las coronas con que se juega a que el mundo es un reinado. Antes de traspasar el umbral venturoso de los quince abriles han sufrido las fiebres sintomáticas del primeraje: la Primera en el lujo del vestido, la Primera en la mortificación cristiana, la Primera en el desayuno goloso de la ostia, la Primera en la blancura del pellejo, la Primera en la notación de los exámenes, la Primera en la histeria galopante. Antes, mucho antes de ser jóvenes, han sido viejas. Antes de ser solteras han sido solteronas.

Pero, anacrónicamente, a los quince años, debutan. En los salones de fiesta de las instituciones rancias, debutan. En los *country clubs* elegantones, debutan. Resuelta la disyuntiva entre llevar un vestido escotado o un vestido a lo María Estuardo, debutan. Felizmente mareadas por las vueltas fatigosas del vals *El Danubio Azul*, debutan.

Tiempo de vals

Dadme una música cualquiera y os daré un resumen apretado de la clase social que la baila, la canta y la implora. Dadme el tango, el bolero, la samba, el vals y os diré por qué la baila, la canta y la implora quien la canta, la baila y la implora.

a. *Tango*: turbio como el río que lo adopta, abandonado a la expresión ronca, con el sabor de la maldición a cuestas, por la orilla inmigratoria se encamina el donaire del tango. Oriundo de Marsella dicen sus biógrafos, fruto de los amores fugaces y los males de ausencia, el tango lo ensombrece la sombra del adiós. Adioses tristes y ausencias, fugacidades y males de por medio, ronqueras y maldiciones, el tango resuena por los ámbitos de la desposesión. Preferentemente, lo baila, lo canta y lo implora quien merodea por la marginación sentimental.

b. *Bolero*: saludado por los neones, entristecido por la ronda de la noche, abastecido de besos y de lágrimas, como si fuera el resuello de dos cuerpos, así desfila el bolero. Profundo a la vez que cursi, hijo favorito de la clase media, ciudadano de la urbe hispanoamericana, el bolero ejerce su tercería tanto en público como en privado. En cualquier bailadero se lo aprovecha para atraer a los tímidos que se requedan por las mesas. A los tímidos y a los timoratos. Unos valoran el bolero como el territorio más frecuentado del deseo, como la antesala natural del beso, como el permiso al apretujamiento dulce. Otros lo asocian con los confines de la noche y la ciudad bohemia, con la desapareciente estrategia de seducción llamada serenata, con la voz baja y la loseta donde se ensamblan sus formas bailables.

c. *Samba*: promiscuo escaparate de la mucha teta y la virilidad que se desparrama hasta la mitad del muslo, a la samba le cortan el ombligo en la *favela*. De la favela sale hacia los sambódromos donde se instala los días de carnaval. Fermentación de la *saudade* portuguesa, de la *banzo* africana y de la sensitividad *feita no Brasil*, la samba vagabundea durante el resto del año. A pesar de lo muchísimo que se la toca, en Ipanema recibe el tratamiento de mozuela, de *garota*.

d. *Vals*: decimonónica invención de Johannes Strauss y de su hijo Richard Strauss, emblema de la ciudad donde siempre es domingo según Schiller, he ahí el vals. Para que el diccionario se encargue de presentarlo hago callar mi voz escrita—baile de origen alemán, que ejecutan las parejas con movimiento giratorio y de traslación; se acompaña con una música de ritmo ternario, cuyas frases constan generalmente de dieciséis compases, en aire vivo.

DE LA MUÑEQUITA LINDA A LA SEÑORITA CACHENDOSA

Ayer debutaban en la muy noble y muy leal San Juan Bautista las muñequitas lindas de cabellos de oro, de dientes de perla y labios de rubí. Ayer las muñequitas lindas valsaban *Sobre las olas* a los acordes pellizcados de las orquestas saloneras que dirigían el maestro Carmelo Díaz Soler, el maestro Rafael Elvira, el maestro Rafael Muñoz. Ayer la idea puertorriqueña del atavío lujoso la satisfacía la costura de Rafaela Santos o de Genoveva Vázquez. Ayer la burguesía puertorriqueña, más campestre que hacendada, perpetuaba el instante en las fotografías del debut que reproducían las páginas del *Puerto Rico Ilustrado* y el *Alma Latina*. Ayer la parentela de las muñequitas lindas se envanecía y se encampanaba si *El Mundo* y *El Imparcial* consignaban su presencia en el debut mediante las prosas primorosas de Carmen Reyes Padró y Miguel Angel Yumet.

CONSERVADO EN UN ESTUCHE DE SÁNDALO

En una mesa parecida a un tiovivo de risa, sentados alrededor de una ánfora de barro depurado de la cual descendía una catarata de rosas de Francia, apurando una oriflamada y burbujeante champaña, podían verse los troncos del ilustre árbol familiar Hoyo Alto de la Sierra y Buenconsejo, quienes asistían, sometidos por los éxtasis de la elegancia, a la puesta de

12

largo de la señorita Providencia Hoyo Alto de la Sierra y Buenconsejo, cariñosamente conocida como Pro.

Tan especial ocasión la conmemoraba una fantasía en azulencos lazos de *peau de soie* repartidos sobre una falda plisada y un jubón recamado con nacarinas perlas de río. El atuendo le regalaba a la linda Pro el aspecto glorioso de una aparición versallesca a contraluz de la hora nona. Unas sencillas dormilonas apuntaban su gracia en las graciosas perillas de las orejas y un delicado collar apenas si se atrevía rozar la piel de quien parecía una emperatriz española más que una núbil belleza borincana.

En las mesas contiguas, cual capullos perfectos de un encendido rosal, compartían las otras quinceañeras, disueltas las melenas sobre los cuellos de garza de Valhalla. De igual modo, las otras quinceañeras, a las que perfumaba el misterio sin cifrar de la medianoche, vestidas con bellísimos trajes en los cuales pugnaban por descollar el azul mar y el azul cielo, los cabellos peinados en virgíneo anudamiento, enorgullecían a los familiares que las acompañaban a escribir una página que tiene al corazón por su estuche de sándalo.

¡PROSAS RÓSEAS, PROSAS PRIMOROSAS!

Ornamentado con plumas de aves que nidifican en el paraíso, tocado con peinetas de un orientalismo falaz el modernismo hispanoamericano que debutó en el siglo diecinueve, vive. Aunque las historias literarias informan que naufragó en las limpideces de los mares nerudianos. El modernismo, que con-

13

vertía cuanta cosa tocaba en heráldica y blasón, en aristocracia y franchutería, en pavana y gavota, sobrevive en la crónica social embelleciente —las bodas, los bautizos, los reinados de carnaval, los desfiles de sombreros, los tés de caridad . Pero, será el debut quinceañero el *acontecimiento* social que le imponga a la crónica embelleciente un código de frases precocidas; código y cornucopia que se destinan a confirmar las nociones popularizadas de la belleza, de lo fino, de la alegría, del buen gusto.

Un color obsesiona en esta crónica, el azul. Una calidad del alma se reitera, la inocencia. Una flor engalana los manteles, la blanca rosa de Francia. Una música aporta el aire de fineza, el vals. Un movimiento facial da forma a la alegría, la risa. Una bebida pide posada en todas las bocas, el champán.

Las prosas róseas y las prosas primorosas valsan por las crónicas sociales hispanoamericanas con el concurso de unas palabras de sonido burbujeante y oriflamado tornacolor. Gracias a Rubén, gracias a que detestó la vida y el tiempo en que le tocó nacer, gracias a su viejo clavicordio pompadour, el champán será oriflamado y burbujeante, por los siglos de los siglos. El champán sustituye la tinta en la crónica social hispanoamericana. Por extensión, el champán baña, también, las pupilas de los lectores. Sólo si el champán humedece las pupilas se paladea la irrealidad de las prosas que levantan sus casetas por las arenas movedizas de la crónica social.

LOS PRÓFUGOS EXQUISITOS

A primera vista el debut en Viena supone otra vanidad de una clase de modales toscos pero rica hasta la putrefacción, otro malbarato. A segunda vista el debut en Viena se recorta, aterrador y fantasmagórico, como la mascarada de unos jíbaros prófugos por la Europa blanca y aria, como la *wanderlust* de un hato de vulgares tenderos y tenderas que presumen de exquisitos.

Pero, aparte de la vanidad, aparte del malbarato, aparte de la mascarada, aparte de debutar en la ciudad donde siempre es domingo según Schiller, ¿no cumplirán otras agendas de clase las señoritas cachendosas? Por ejemplo, flechar un duquesito mermelado, un aristócrata muerto de hambre, un *von* meón, con los cuales agenciarse unos vástagos de rostros poco jibarosos o nada mulatones. Por ejemplo, resituarse en el presente a partir de la reinvención de un pasado. Favor de recordar que la burguesía puertorriqueña creció sin el amparo del orgullo patrio que, en el fragor de las luchas independentistas y la estilística social criolla, forjaron las demás burguesías hispanoamericanas. Aquel orgullo patriótico, cuyo gran teatro de signos nacionales hizo abortar el imperio español en el Nuevo Mundo, no se sedimentó en la menor de las Antillas mayores. Huérfana de pasados esclarecidos por la gesta militar y la gloria civil, encaprichada con el ingreso a un ámbito donde se luzcan sus galas tercermundistas, la burguesía puertorriqueña pone una pica en Viena con el propósito patético de ver quién pica. ¡En la europeidad de segunda mano cree avistar su epifanía la tardoburguesía puertorriqueña! ¿Habrá una seducción mayor para los pinceles magistrales de Lorenzo Homar y Rafael Tufiño, Antonio Martorell y José Rosa, Nick Quijano y

Rafael Rivera Rosa?—seis garantizados exorcistas de los demonios de la nación boricua.

El puertorriqueño que debuta en la precariedad el día que desembarca en la vida, el puertorriqueño que tiene menos que nada, el puertorriqueño que padece la dureza de la calle y la condena del desempleo, recupera el sonido y la furia de un escupitajo cuando exclama—*Este país está del culo*. Regustosamente plebeya, de una insolencia utilizada en legítima defensa, a la exclamación conduce la detallada contabilidad de las jodiendas colosales y las pendejadas sublimes que victimizan a Puerto Rico, ahora mismo.

Quien condena la improcendencia de todo giro soez, pues soez viene de cerdo, debería advertir que la insolencia *Este país está del culo* semantiza más contenidos que los mostrados. Ocultos por la disonancia, enrarecidos por la fetidez excrementicia, avanzan la reflexión política, el manifiesto social y el inventario histórico. Qué duda cabe que la insolencia, tras conseguir aislar el problema, señala la solución. Si el país está del culo, entonces, procede higienizarlo sin la menor dilación, procede devolverle la salud, procede adecentarlo.

Por entre los comportamientos de esa burguesía irrisoria que se larga a debutar en Viena, por entre las costuras de frunce chapucero que revelan sus burdas socializaciones, anda disperso otro posible capítulo de la inescrita *Novela del Ridículo Nacional*. Corresponde escribir dicha novela a un escritor lúcido como un demontre, despiadado con la pompa, irreverente con la circunstancia, amador indiscutible de su tierra. Sólo la denuncia pública del pus en el tejido social, sólo la impugnación de las mentiras pautadas como verdades, sólo la crítica asumida como una faena de respeto y de consideración, patentizan el amor de un escritor por su país. Esto es, por la entrañable *tribu accidental.*

La gente de color

La directora de la corporación *Miss Puerto Rico* y jefa de una agencia de modelaje, Ana Santisteban, ha incomodado a algunos círculos sociales de esta Nueva Insula Barataria por permitir la participación de unas muchachas negras en el certamen que adjudica dicho título. El título de *Miss Puerto Rico* se ostenta durante un año y se tiene por cofre donde se guarda un cuento de hadas escrito por la realidad. La feliz ganadora recibe varios premios en metálico, se la obsequia con ropa y calzado de marca, la peinan y la hermosean hasta semejar un préstamo del cielo a la tierra, a cambio de comparecer a cientos de actividades cívicas y benéficas, tanto en el país como en el extranjero, en *representación* de la mujer puertorriqueña.

Con una redacción que se le aproxima, la anterior noticia se publica en el periódico *The San Juan Star* del pasado veintisiete de junio. Sospecho que se excluyen de la noticia, porque se integran al campo de la mera especulación, los beneficios marginales a que puede aspirar *Miss Puerto Rico*, tras entregar la corona a su eventual sucesora y observar las indicaciones que siguen.

    a. Atenerse a una dieta frugal.
    b. Matricularse en el gimnasio.
    c. Combatir el sarro.
    d. Ocultarse de los rayos ultravioleta.
    e. Apurar doce vasos de agua diarios.
    f. Ingerir frutas frescas y hortalizas.
    g. Dormir ocho horas nocturnas.
    h. Comportarse como una dama boba.

Otros beneficios marginales podrían ser el inicio de una carrera de modelaje, la animación de un espacio televisivo y el matrimonio con un peje destartalado por los años pero en posesión de un afrodisiaco infalible—un arsenal de dólares, marcos y yenes.

La noticia de marras aparece en la sección que dicho periódico reserva para las clases que tienen la frivolidad por dogma, de modo que se puede inferir la composición de los círculos descompuestos o incomodados. Son los círculos que sueñan con mantener a los puertorriqueños negros *en su sitio*, los círculos que están, *sinceramente*, preocupados por *la composición de la raza*, los círculos a los que enoja la presencia conspicua de la Tía Africa en la vida comunal puertorriqueña, los círculos que sustentan la pervertida idea de que la piel blanca conlleva un inevitable prestigio, una innata gracia, un *aquel especial*.

¿Dije raza?

¿Merece llamarse raza el patético espejismo blancoide que entretiene a la élite puertorriqueña? ¿Habrá que atosigarle una grabación del poema de Fortunato Vizcarrondo, *¿Y tu agüela dónde está?*, en la interpretación de Juan Boria o Julio Axel Landrón?—dos maestros granados de la declamación negroide. ¿Beneficiará al puertorriqueño carapálida el ojeo de un álbum fotográfico con las caras lindas de nuestra gente negra?—una lindura apartada del concepto hegemónico de belleza impuesto por los blancos. ¿Habrá que invitar a los puertorriqueños, emparentados con Aquiles, a hacer turismo por las sinuosas narices y las pronunciadas bembas del Puerto Rico *percudido?*

Hablar de una raza blanca puertorriqueña implica sustituir la historia por la invención e incurrir en la más quimérica de las adscripciones retóricas. La de endilgarle una blanquitud a un pueblo de esencia mestiza a la que se le agrega una pizca de tainidad. ¡De los derroches de la imaginación me cuide Dios que de los derroches de la realidad me cuido yo!

Prohibido por la Constitución, inaceptable como práctica según los reglamentos de las corporaciones públicas y privadas, descartado por cuanta organización se inscribe y se legitima, el prejuicio racial se filtra, en los recintos educados y democráticos de la sociedad puertorriqueña, a través de los curiosos rechazos y las súbitas exclusiones que tienen por sujeto a los puertorriqueños negros. Unas exclusiones y unos rechazos, elaborados con un calado tan diestro, que le permite a los hechores gritar *foul* si se los acusa de cultivar el prejuicio racial.

MISTER LYNCH IS NOT ONE OF US

Las cosas donde van y un sitio para cada cosa—en Puerto Rico no se linchan negros. Tampoco se los segrega en la cocina del autobús, se les niega el acceso a las universidades o se les impide mostrar sus habilidades en los teatros o los museos. El prejuicio racial de la riña callejera y la quema sistemática de las iglesias a donde concurren los negros, el prejuicio de los letreros que advierten *No dogs or negroes allowed*, no encuentra eco en Puerto Rico donde todo se razona con la expresión oblicua y la opinión sesgada. Un Meredith Baxter hubiera podido matricularse en cualquier universidad puertorriqueña sin que un solo matriculado blanco lo tomara como una provocación. Una Marian Anderson hubiera podido cantar en los teatros Tapia o Riviera o en el paraninfo de la Escuela Superior Central sin que grupo alguno de damas blancas consiguiera impedirlo. Una Rosa Parks hubiera podido sentarse en cualquier asiento de cualquier autobús de la Autoridad Metropolitana de Autobuses sin que el chofer lo tomara como la insolencia de una negra que intentaba salirse de *su sitio*.

Vale, por tanto, comprometer el prejuicio racial *home made* con sus propios enconos y retorcimientos, con sus propias hipocresías y duplicidades, diferente al prejuicio racial norteamericano, que se expresa mediante las agresiones que atentan a la dignidad humana—escupir al negro, atajar al negro, apedrear al negro, acuchillar al negro, asesinar al negro, bestializar al negro.

La diferencia entre el prejuicio racial norteamericano y el prejuicio racial puertorriqueño explicaría, parentéticamente, el sueño anexionista que cultiva un apreciable número de puertorriqueños negros. Irónicamente—a veces la Historia responde a nuestros emplazamientos con una ironía desenfadada—en el eventual estado cincuentiuno, los puertorriqueños negros engrosarían la minoría negra de la nación norteamericana por lo que configurarían una minoría dentro de otra minoría.

Atención, tema divisorio a la vista

El tema del prejuicio racial puertorriqueño no ha acumulado una bibliografía concordante con su actualidad y su palpitación—recuérdese que el elemento poblacional afro del país desborda el porciento que le asignan las estadísticas oficiales. Sólo dos libros, suscrito por la vivencia el uno, suscrito por la ciencia el otro, que en su aparición generan el entusiasmo y la controversia, resumen el acervo hermenéutico del tema, *Narciso descubre su trasero*, de Isabelo Zenón Cruz, publicado en el 1971 y *El prejuicio racial en Puerto Rico* de Tomás Blanco, publicado en el 1937. Tampoco asoma el tema, frontal y recurrente, en el imaginario literario, aunque las pocas aportaciones son, en rigor, valiosísimas. Destaco la poesía de Fortunato Vizcarrondo—poeta cultivador de una ironía agresora—que fue contestatario antes que el término abanderara una moda, la intensa trilogía teatral *Máscara puertorriqueña* de Francisco Arriví, los muy bien contados *Cinco cuentos negros* de Carmelo Rodríguez Torres y los lúcidos poemas y cuentos que Mayra Santos junta, respectivamente, en *Anamú y manigua* y *Pez de vidrio*.

Sí asoma y recurre el tema del prejuicio racial puertorriqueño en los adefesios antiliterarios que, a gusto, difunde la televisión en la forma de sainetes o pasos de comedia. Al agravio se suma la ofensa—los sainetes o los pasos de comedia los interpretan, la mayoría de las veces, actores blancos caripintados de negro. Lo que algunos achacan a una crisis del ingenio cómico habría que achacarlo a una crisis dramática de la decencia:

    a. *A ese tipo lo dejaron en el horno más de la cuenta.*

    b. *Llegó a Puerto Rico vía Africa Airlines.*

Podría contra argumentarse que la falta de estudios y de obras literarias, sobre el prejuicio racial en Puerto Rico, demuestra la inexistencia de éste o su existencia menor e insustancial. Sin embargo, la mirada echa de menos a los puertorriqueños negros en los altos puestos gubernamentales, en los altos mandos de la Guardia Nacional, en las juntas directivas de los clubes donde se malea el civismo, en los departamentos con misiones de vidriera para consumo del público extranjero como la Secretaría de Estado. Ni siquiera en el Tribunal Supremo de Justicia hay jueces negros. La más alta magistratura judicial se abre a la diversidad ideológica de la sociedad puertorriqueña pero se cierra a la diversidad racial de la misma. Curiosamente, las agencias o las secretarías pueblerinas por antonomasia, como la de Asuntos de la Vivienda y el Fondo del Seguro del Estado, tienen como personal a un considerable número de puertorriqueños negros. ¿Se trata de un traqueteo mañoso con las quintas y las ternas o se trata de una inexplicable casualidad?

Tampoco en las sillas de alto espaldar de la banca se sienta negro alguno. Cajeros prietos y cajeras prietas los hay a montón. Tampoco hay galanes dramáticos en la industria de la televisión, aunque las zonas erógenas de miles de puertorriqueñas las administran miles de hombres, cuyas pieles recorren la infinita gama del color prieto y la infinita gama del sabor prieto. *Once you go black you never go back* dice el refrán como celebración de la proficiencia sexual y la calidad amatoria del hombre negro y de la mujer negra.

La falta de estudios y de obras literarias, sobre el prejuicio racial en Puerto Rico, la explica la renuencia a la confrontación de un tema tenido por espinoso, por divisorio y por fraticida. Justifica la renuencia el argumento de que admitir la existencia del prejuicio racial puertorriqueño supone capitalizarlo. Como si la desatención tuviera la virtud mágica de hacer desaparecer el prejuicio. ¡El avestruz influye!

ENTRE PANCARTAS TE VEAS

Seamos honestos a riesgo de ser impertinentes. El prejuicio racial puertorriqueño tiene una salud de hierro pues sobrevive, desafiante e irracional, a las campañas de higienización espiritual y se manifiesta en todos los estratos sociales y todas las ideologías políticas. Tanta salud es portadora de un virus dialéctico que contagia, por igual, a los liberales cautelosos y los conservadores transigentes. En la forma sintomática de una tosecilla, el virus sube y baja por las gargantas.

a. Tosecillas de los liberales cautelosos

Tos 1. *Los hijos son los que sufren.*

Tos 2. *Ella tiene la nariz poco católica.*

Tos 3. *Ella no es negra, ella es india.*
Tos 4. *Más negro que el culo del caldero.*
b. Tosecillas de los conservadores transigentes
Tos 5. *Ella se estira la pasión.*
Tos 6. *Tarde o temprano el negro la caga.*
Tos 7. *El oscurece la raza.*
Tos 8. *Como un jodido mime en la leche.*

Aparte de las tribulaciones hogareñas porque el novio tiene el pelo *kinky* y la novia no debe *tirar pal monte,* aparte de la disuasión a oscurecer la raza, aparte de la sincera advertencia por el posterior sufrimiento de los hijos, con otros colores se viste el prejuicio racial puertorriqueño. De color pastel y aclarador es el prejuicio que cabalga en la resistencia a pronunciar la palabra negro: *Al negro no hay que anegrarlo, Al negro no hay que ponerlo a sufrir recordándole que es negro.* De color blanco inmaculado es el prejuicio que cabalga en el enunciado *Negro pero decente.* Aunque la oculten los melindres de la piedad, aunque la anestesie la consideración, una convicción repta por el hondón de tanta alma buena vestida con los colores aclaradores del prejuicio racial puertorriqueño—la inferioridad esencial del negro. El humor agrio sobra en la Nueva Insula Barataria, un agror funesto y turbador.

AL NEGRO NO SE LE ANEGRA

A causa de la oblicuidad que sustenta la sique puertorriqueña, el prejuicio racial, hecho en casa, evita pronunciar la palabra *Negro* en su dimensión etnográfica. Para sustituirla acude a una sarta de enchapes eufemísticos, portadores de sufijos diminutivos y aumentativos, que le dan una irónica relevancia: QUEMADITA, BIEN QUEMADITA, TRIGUEÑO QUEMADO, TRIGUEÑO PASADO, TRIGUEÑOTE, TRIGUEÑOTA, INDIO, AINDIADO, CAOBA, AZABACHE, SEPIA, MORENA, MORENA OSCURA, MORENOTA. No se trata de matices lexicales afectivos, sugeridos por el muy heterogéneo basamento mestizo del país—la escala cromática de lo negro desconoce el agotamiento en la calle antillana. Tampoco se trata de una modulación que registra el cuadrante de la gentileza y la simpatía; una gentileza y una simpatía que, cuando se extreman, parecen gestos de condescendencia. Se trata, lisa y llanamente, de otra práctica de la negrofobia en el nombre del ingenio.

De entre los términos disponibles para salvar a los amigos y a los vecinos de los complejos inferiorizantes se destaca uno, *gente de color*. Este lo activa un sistema de oposiciones implícitas. La gente de color se define cuando se la opone a la gente sin color, o la gente de piel blanca. El término, una traducción literal de *colored people*, indigna menos que las medidas tomadas para expresarlo—la voz baja, el rostro cariacontecido, el tonillo secretero, la beatería de la compunción.

El prejuicio racial boricua no se restringe a los blancos. Los negros, oprimidos por los modelos blancos de belleza y seducción, se apuntan en el blanqueamiento mediante el uso de postizos de pelo liso y peinillas calientes, gorritos de medias nailon y otras tácticas que se dispusieron a anticuar el Poder Negro, la fuerza avasalladora del continente africano y el grito jubiloso de Cassius Clay—*Black is beautiful.* Pero, además de apuntarse en el blanqueamiento, interiorizan el prejuicio. Un compositor excelso, cuya obra resume uno de los capítulos impostergables del cancionero hispanoamericano, Rafael Hernández, cuando le canta a la nación puertorriqueña destaca *La noble hidalguía de la Madre Patria* y *El fiero cantío del indio bravío* como los valores consustanciales de aquella. Mas, se calla la aportación negra a dicha excepcionalidad, ya sean los rasgos del carácter colectivo, ya sea el temple moral, ya sea el sentido profundo del ritmo, ya sea la honda sensualidad que no se agota en la salvajina y el sexo. Y Rafael Hernández era negro. ¿Se trató de una consciente distanciación? ¿Creyó prudente mantener a los negros *en su sitio?*—el sitio del negro lo asigna el blanco pero lo transa el negro. ¿O prefirió corresponder al aplauso sostenido que le tributaron los blancos respetando sus prejuicios?

TRYING TO PLEASE THE GRINGO

Incomoda a los círculos amordazados por los sueños de perfiles griegos y de narices como dardos, de bocas de fino lineamiento y pieles albas como velos de novia, que unas muchachas negras compitan por el título, un tanto divertido, de *Miss Puerto Rico*. Incomoda que alguna quemadita, trigueñota o morenota, se alce con el título y pasee por el mundo la más verdadera de las sospechas—en Puerto Rico el que no tiene dinga, tiene mandinga, tiene watusi, tiene hotentote, tiene carabalí. En cambio, satisface a los circulosos, llena sus pechos de orgullos rancios, que una muchacha rubia de ojos azules, pasee por el mundo la mentira de que el pellejo nacional puertorriqueño es blanco que te quiero blanco.

No nos prestemos al engaño. El falso paradigma racial cumple otras aspiraciones, nada secretas, como lo son tranquilizar al Padre Nuestro Que Está En Washington y asegurarle que la etnicidad puertorriqueña contiene un porcentaje mayoritario de genes blancos. Poco a poco lo implícito se vuelve explícito. La preponderancia del pellejo blanco valida, también, el derecho de Puerto Rico a anexarse a los Estados Unidos de Norteamérica.

La experiencia colonial posibilita, día a día, todas las caricaturas. Hasta la caricatura de reclamar un pasado vikingo. Hasta la caricatura a que lleva el reclamo *Que se sepa todo de nosotros menos la verdad.* Hasta la caricatura que suscitan algunos círculos sociales de esta Insula Barataria a propósito de la participación de unas muchachas negras en el certamen que adjudica el título *Miss Puerto Rico.* Cuánto clisé histérico. Cuánta fobia histórica. Cuánto descaro sin editar. Cuántas misis de espaldas a las masas.

Abrazos, prejuicios y fronteras

La revista norteamericana *Swank* publicó, hace varios años, una recopilación de cincuenta chistes sobre Puerto Rico y los puertorriqueños. La insinuación del número de los chistes, cincuenta, se transparentaba de inmediato—uno por cada estado de la Unión Norteamericana. Lo de chistes ya era otro asunto. ¿Chistes? ¡Si iban por la yugular! Cada chiste se regodeaba en la mala intención. Cada chiste apostaba a dañar, parejamente, el sentimiento y el intelecto del puertorriqueño. Cada chiste distorsionaba la realidad puertorriqueña con una ferocidad desconcertante y gratuita. Nada respetaba dicha antología. Ni el dolor padecido ni el arrojo mostrado por los puertorriqueños mientras construían, entre abnegaciones y azares, su carácter de pueblo. Tampoco las dificultades de toda índole, confrontadas por los puertorriqueños asentados en los Estados Unidos de Norteamérica o los puertorriqueños quedados en el propio suelo, conseguían el reconocimiento mínimo. Unos y otros, los puertorriqueños de allá y los puertorriqueños de acá, se convertían en el blanco fácil de la gracia sañuda que nutría los cincuenta chistes.

A lo largo y lo ancho de las páginas chistosas, que reexamino con inevitable rencor, se cataloga al puertorriqueño de haragán, sucio, improductivo. A lo largo y lo ancho de las páginas graciosas, que releo con pesadumbre y zozobra, se intenta ridiculizar el ser y el existir de cada puertorriqueño.

Las protestas que desataron tales injurias las contestaron los editores de la revista *Swank* con la picardía que gloso, seguidamente. Se trataba de una incursión en el humor étnico. Se trataba de unos chistes concertados por la causticidad y la agudeza expresiva. Aunque sin implicar la menor maldad.

¿Sin la menor maldad?

¿BURLA LIVIANA O PROFUNDO DESPRECIO?

Uno de los cincuenta chistes enunciaba que el libro más corto que se ha escrito es el libro puertorriqueño de las buenas maneras. Según el chiste los puertorriqueños somos burdos. Otro de los cincuenta chistes informaba que el segundo, entre los libros más cortos que se han escrito, no es otro que el libro puertorriqueño de los héroes de guerra. Según el chiste los puertorriqueños somos cobardes. Otro de los cincuenta chistes decía que los puertorriqueños usan el insecticida como desodorante. Según el chiste los puertorriqueños somos sabandijas apestosas y torpes.

¡Sin la menor maldad!

Pero, apartemos la ladina declaración de inocencia y encaremos el argumento del llamado humor étnico, del que echaron mano los editores de la revista *Swank,* como forma de paliar el agravio y mitigar la ofensa.

El humor étnico observa, con mirada alerta, los hábitos y las costumbres, los sentires y los decires, las gesticulaciones y los actos que revelan el tejido moral y el tejido espiritual particulares de un pueblo, de una nación. Dichos tejidos son el fruto de unos acontecimientos que se integran a la memoria colectiva por la vía de la experiencia personal o el testimonio ajeno. Una nación es una narración, el texto que desbroza el narrador fundacional, el relato entre suspensos de un destino que el lugar, la vivencia y el idioma hacen un destino comunal.

La nación norteamericana halla su narrador fundacional en el peregrino que arriba en el barco *Mayflower* para confiarse a una segunda oportunidad. Después, otros narradores recomponen los desgarros de otras peregrinaciones y ensaladan la balada *God bless America* con la carne de pavo, la pausa refrescante de la *Cocacola* con la impugnabilidad moral del dólar. Entonces, se fragua la gran síntesis narrativa que sirve de base a la nación norteamericana—una nación que protege a quien huye de la intolerancia, una nación libertaria.

La nación española halla su narrador fundacional en el cruzado exterminador de judíos y de moros. Después, narradores españoles sucesivos recomponen los desgarros de otras cruzadas y otros exterminios y emparentan el descubrimiento de América con los cojones cuádruples de los toreros peninsulares, el señoritismo y la amistad personal del

Generalísimo Franco con el Espíritu Santo. Entonces, arraiga la narración definitoria de la nación española—tierra donde la ranciedad funda su reino, la tierra combativa del cristiano viejo.

LOS PELIGROS DEL CLISÉ

No obstante, toda narración, toda nación, se expone a que se le simplifique la textura o se petrifique su significación. Incluso a que se la mal entienda o se la desvirtúe, se la frivolice o se la ubique en los límites del clisé.

Diga *Doña Bárbara* y oiga reducirla a una novela que confronta la civilización y la barbarie. Diga *Don Quijote de la Mancha* y oiga reducirla a una novela que parodia los libros de caballería. Diga *Crimen y castigo, El rojo y el negro, El sonido y la furia, ¿Por quién doblan las campanas?* y oiga amortajar las invenciones perfectas de Dostoievski, Stendhal, Faulkner, Hemingway; unas invenciones gestadas durante sesiones de pasión y de paciencia, de lucha contra la sequía y el desencanto periódico con la voz propia.

Puesto que una nación es una narración, a la sola mención del nombre brotan la reducción temática y la simplificación mortificante, los celajes del asunto y las migajas del trasunto, la propensión al resumen. Por ejemplo, diga Brasil y oiga reducir el complejo país a una samba bailada por unas mulatas de pubis nada angelical o a un estadio gigantesco donde practica el fútbol un negrerío simpático. Diga Alemania y oiga reducir el gran país a una república vertebrada por la intransigencia. Diga Japón y oiga reducir el laborioso país a una tropa de serviles geishas. Diga Puerto Rico y oiga reducir la nación caribeña a una diócesis parroquial donde se celebra la boda de la lengua española y la teta norteamericana.

La inevitable seriedad del humor

El humor étnico no implica maldad o antagonismo cuando recupera unas actitudes particulares de las cuales pueden reírse, TAMBIEN, los nacionales que las motivan. La supuesta avaricia escocesa, el supuesto envaramiento inglés, el supuesto histrionismo italiano, la supuesta arrogancia argentina, la supuesta jactancia cubana, propician un sin fin de amables sonrisas y sanas risotadas, incluso entre los escoceses y los ingleses, los italianos, los argentinos y los cubanos.

El burlado participa, sin empacho, de la burla porque no lo desmerece o humilla aunque lo somete a la superficialidad de toda generalización. Si bien la burla señala unos patrones de conducta que el burlado reconoce, como propios, el señalamiento no lo ofende porque los traspasa la simpatía. El humor étnico divierte si no escatima el aprecio y el respeto, si no atenta contra la dignidad del sujeto expuesto en la burla y la chanza, la ironía y la sátira.

Ninguna de las salvedades anteriores se hizo en los cincuenta chistes puertorriqueños que recopiló la revista norteamericana *Swank*. Se sobrecargó, en cambio, el placer enfermizo de despreciar a un pueblo, a una nación. Se sobrecargó, en cambio, la vileza de reducir ese pueblo, esa nación, a una multitud gobernada por la inocuidad y la iniquidad.

LADIES AND GENTLEMEN, MISTER PAT BUCHANAN

Pese a que su inmaculado derechismo le ha ganado la merecida reputación de hombre prejuicioso, el periodista Patrick Buchanan no cae en el despropósito de caracterizar al país puertorriqueño como una multitud gobernada por la inocuidad y la iniquidad, en las columnas que acaba de dedicar al caso Puerto Rico, en el influyente periódico de su país, *The New York Post*. Tampoco lo caracteriza como una multitud sin resonancias íntimas respetables. El señor Buchanan reconoce que el idioma de Puerto Rico es el español. Y argumenta que la rica y profunda personalidad caribeña del país impide el proceso de yankización que conlleva la anexión puertorriqueña a la nación norteamericana.

Nada hay que objetar a la exposición del señor Buchanan. Se trata de unas verdades imposibles de desmentir hasta por aquellos que las resienten. Tampoco hay pasaje alguno en dichas columnas periodísticas que amerite celebrarse. Aunque un sector puertorriqueño numeroso considera divinas las palabras, hasta las menos sabias, si emergen por boca norteamericana.

Sí hay que discrepar del señor Buchanan cuando se refiere a Puerto Rico como una nación *en ciernes*. Porque *en ciernes* significa de frágil principio o de comienzo débil y hasta precario. La frase, pues, se utiliza mal cuando de Puerto Rico se trata. Primero, porque la experiencia colonial de siglos no ha podido sofocar una recia idea nacional. Segundo, porque los dos partidos mayoritarios actuales han nadado, con gusto y satisfacción, por las aguas turbias del colonialismo pero se han cuidado de guardar, en la orilla, los símbolos limpios que exaltan la nación puertorriqueña. Lo han hecho porque lo patriótico entrañable aquí convoca.

Prueba de esta afirmación circula estos días en la fotografía que muestra al ayudante del Presidente de los Estados Unidos de Norteamérica, el señor Chase Untermeyer, en una faena de agitación anexionista. La faena del señor Untermeyer guarda coherencia con la parcialidad militante del Presidente Bush a favor de la estadidad para Puerto Rico. Sin embargo, la fotografía captura un desliz inolvidable, una espléndida indiscreción, ajena a la parcialidad militante del Presidente Bush. El flamante señor Chase Untermeyer agita una bandera monoestrellada, una bandera puertorriqueña.

Cierto, la aberración estupenda de que el puertorriqueño asciende si se quiere norteamericano y desciende si se quiere puertorriqueño forma parte de la estrategia de los dos partidos mayoritarios, los dos partidos colonialistas. Igualmente, forma parte de la estrategia política de ambos partidos la apuesta por las persuasiones que oculta el vocablo estado. El uno se rasga las vestiduras a nombre del Estado Libre Asociado de Puerto Rico. El otro se suelta la trenza a nombre del Estado Cincuentiuno de la Nación Norteamericana.

No obstante tanta trampa semántica, hace tiempo que Puerto Rico es una nación plena a la que sólo le falta, paradójicamente, la soberanía. Esa plenitud la ha alcanzado por una honrosa voluntad de ser. Una voluntad resistente a los empeños de deformación que le han inculcado los naturales y los forasteros. Una voluntad impuesta a pesar del descrédito y la persecución que sufrieron y sufren los hombres y las mujeres que la despliegan.

¡Si hasta la palabra nación se quiso erradicar del léxico afectivo del puertorriqueño! ¡Si hasta el concepto mismo, nación, se asoció con la chatura de miras, el temperamento municipal y el fracaso! ¡Si hasta el himno secular de la nación puertorriqueña, *La borinqueña,* se tachó de subversivo porque le cantaba a aquella voluntad de ser!

Por tanta contradicción amarga, por tanta tensión en la larga y fatigosa hechura, la urdimbre narrativa que se llama Puerto Rico tiene un rostro único, irrepetible. Y un corazón único e irrepetible, también. Los trazos de dicho rostro y los surcos de dicho corazón suscitan, tanto ayer como hoy, unos prejuicios imperdonables y unos abrazos inesperados.

Pero, unos y otros, tanto los prejuicios que se resienten como los abrazos que se extrañan, confirman las distancias y las diferencias que separan a los norteamericanos de los puertorriqueños, a ellos de nosotros. Más que de una mera oposición gramatical se trata de una inocultable demarcación de fronteras.

Vidas, pasiones y muertes del bandido Toño Bicicleta

El nombre, enunciador de un temperamento rodante, se ha convertido en suero que revitaliza la imaginación puertorriqueña agobiada por el *hit parade* ridiculón de nuestra vellonera provinciana: la butic de Marisol, la intrusión campechana del Tigre Juan en la vida profesional de su distinguido padre, el controversial decoro político y moral del Estado Libre Asociado, la juventud irreprimible de los miembros del Gabinete Ejecutivo que juegan baloncesto los lunes por la noche: los blanquitos de Beverly Hills, Caparra Hills y Garden Hills se tongonean el cuerpo para venderse al costo: *white, rich and fit.*

El hit parade patentiza las mitologías sangrigordas de un pobre pueblo cuyo rostro aún lo puebla el acné. Pues la endemia colonial retrasa la adolescencia hasta la mitad del camino de la vida. Además, el *hit parade* da la noticia del proceso de juvenilización que devasta a las sociedades contemporáneas, según José Luis Aranguren. Hasta la palabra viejo la juveniliza la palabra envejeciente. Hasta la conceptualización de la vejez la juveniliza el moderno concepto de la Tercera Edad. Hasta el varón fofo y el varón mongo están levantando pesas por ver si se atascan en la Segunda Edad.

Pero, volvamos al suero que revitaliza la imaginación puertorriqueña.

Repentinamente, a causa de los desmadres de un temible asesino huido de la cárcel y oculto en la ruralía montañosa, el país puertorriqueño ha fabricado una gesta haraposa, con unos episodios de cojonudez y unos fantaseos de vuelo bajo. El humor zurce la gesta, un humor que muerde y despelleja porque lo contaminan el relajo y la bayoya.

El relajo y la bayoya le sientan a los puertorriqueños, tan bien, como el luto a Electra. Un relajo y una bayoya practicantes de la exageración, la irracionalidad y el disparate. Como si la oralidad fuera el carburante óptimo de la imaginación puertorriqueña. El relajo acrático y la bayoya nada leve, las exageraciones e irracionalidades, los disparates, los boletines continuos de *Radio Bemba* y *Radio El Chisme Es Vida*, difunden que el bandido Toño Bicicleta se encuentra aquí, allá, acullá. Como si la ubicuidad coronara la nómina de sus defectos múltiples.

¿No se dice que, disfrazado de carne y hueso, el bandido Toño Bicicleta merodea por el barrio Indiera Alta del pueblo de Maricao, a la busca del tipo que lo choteó? ¿No se asegura que, disfrazado de esquivez de sombra, el bandido Toño Bicicleta atraviesa el poblado de Castañer a la busca de una mujer dulce junto a la cual aposentar? ¿No se jura que, trasvestido de sátiro pezuñoso, el bandido Toño Bicicleta aterroriza las doncellas de los campos de Utuado?

A la vez desfilan unas versiones enloquecidas y enloquecedoras sobre la apariencia del bandido. Aduce una que un Toño Bicicleta esquelético sobrevive con iguana escabechada, rabo de batata cruda y sapoconcho a la vara. Otra deduce que un Toño Bicicleta robusto opera como un gallo depredador del hembrarío. Que Toño las lleva al río creyendo que son mozuelas pero tienen marío.

Monte adentro, en la profundidad de las grutas naturales, bajo las enramadas frecuentadas por los ruiseñores, Toño Bicicleta reinventa el amor como si fuera un discípulo tardío de Rimbaud. Y si no llega a los esmeros de la reinvención por lo menos reivindica la cópula a todo tren. A todo tren vale por a todo vapor. A todo vapor vale por a todo sudor. A todo sudor vale por a todo cojón.

La digresión como recurso.

En el mil novecientos ochenta y cuatro, tras recibir la clemencia lingüística, la voz *cojón* regresó al diccionario de la Real Academia Española de la Lengua de donde se la había echado, como a perro rabioso, tras la edición del año 1729. Las razones para la despedida no se dieron puesto que las academias siempre fueron organismos represores. En contraste, las voces *teta* y *culo* mantuvieron el lustre de académicas, a lo largo de los siglos. Pero, ni el destierro secular ni los perdones solicitados por cuantos se lo llevan a la boca, como hecho idiomático desde luego, evitaron que el vocablo cojón se interjeccionara, que multiplicara sus haberes semánticos, que simbolizara el arrojo.

Por eso la sentencia *Tiene los cojones en su sitio* exalta a los varones que no toleran pendejadas. Antónimamente, con el epíteto *güevimongos* se desprecia a los varones pusilánimes, los varones atacados de culillo. Por eso el relajo acrático y la bayoya nada leve con que el país puertorriqueño saluda al bandido Toño Bicicleta, incluye las flores apocopadas *cuerú, agallú, cojonú*; unas flores que redefinen la varonía indomable, la heroicidad de cieno y de cuneta.

Además, la destreza operativa de los cojones literales, que el bandido Toño Bicicleta pone en marcha a todo tren, a todo vapor, a todo sudor, arranca unos chistes de color colorado. Nada entretiene más a la cultura machista puertorriqueña que parlotear de las hombradas del cojón sin eufemismos ni cuidados; una cultura de esencia falocéntrica y testicular.

Hijos de una sensualidad hecha de trópico y tópico, lejanamente mediterráneos e inmediatamente caribeños, los puertorriqueños defienden el contentamiento como el rito avasallante de una religión del cuerpo. El comer, también, se tiene en la Cordelia de las aguas por un rito desenfrenado. Mas, el placer de meter mano y dejarse meter la mano, el placer de desandar la infinitud de un cuerpo con la punta humedecida de la lengua, el placer de elevarse hasta la cresta del gemido, supera cualquier otra contentura. Incluso, una plegaria se bisbisea, con frecuencia, en la Cordelia mansa:

El sexo nuestro de cada día dánoslo hoy.
Dánoslo flámeo. Dánoslo fragante.
Dánoslo acariciado por los cinco sentidos.
En pago juramos saborear tu nombre
cuantas veces la boca la deshabiten los besos.
Los tolerados por naturales.
Los condenados por perversos.
Perdónanos el pecado de los segundos,
Bendícenos la inocencia de los primeros.
No nos dejes caer en la tentación de
renunciar a una sola voluptuosidad
suscitada por la desnudez.
Más, líbranos de los daños y los perjuicios
de la cama rutinaria.
Amén.

El abultado nomenclátor, los gestos y las onomatopeyas, la acrobacia de las paráfrasis y de las perífrasis, afinan una jerga sexual de portentosa picardía en la Cordelia amarga. Y revelan el lugar supremo que ocupa el contentamiento en el costumbrismo carnal. Algunos desprendimientos de la jerga esperan por el tesauro que los pula, fije y esplendorice. Helos a continuación.

a. *Affair.* Paréntesis clandestino que se consuma en un apartamentito adornado por botellas vacías transformadas en candelabros, la escritura en la pared de un Cucubano de Iris María Landrón—*Cuando no pasa nada queda todo por pasar* y un huacal vacío.

b. *Quickie.* De pie o de rodillas, oral o manual, el *quickie* nomina una transgresión adverbial. ¿Por qué? Porque se realiza en un dónde insospechado y en un cuándo fortalecido por las ganas.

c. *Compañeros*. Pareja que desprecia la cárcel matrimonial y aprecia la cárcel consensual.

d. *Open fucking*. Maroma vegetativa que se realiza en el anonimato o la ocultan los *fucktitious names* que abundan en los registros de los hoteles—Alexis Carrington y Juan Salvador Gaviota, Martín Lutero y Madonna, Johnnie Walker y Barbie Doll, Agatha Christie y Toño Bicicleta. Pero, salgamos del tren.

En busca del tiempo jodido

Casi nada entonces. Un bandido a quien afama la galanura rusticana. Un bandido con alma de bellaco como si ser bandido con arma fuera poco. Un bandido que no respeta las preñadas. Un bandido que fornica por las guindas, por los farallones y por los riscales. Un bandido que secuestra a las bellas malmaridadas y las mujeronas soledosas. Un bandido que enamora a las malmaridadas y las soledosas al son de un viejo bolero—*Yo tengo un pecado nuevo, Que quiero estrenar contigo*. Un bandido a quien persiguen doscientos policías y trescientos vecinos.

Sin embargo, dos cientos de policías, tres cientos de vecinos, cuatro cientos de titulares periodísticos, cinco cientos de acusaciones difundidas por *Radio Bemba* y *Radio El Chisme Es Vida* no mellan la simpatía puertorriqueña por el bandido Toño Bicicleta.

Escribí simpatía pero la palabra no dice lo que quiero. La simpatía la firma el corazón, la logran las afinidades, la expresan los agrados como lo son la mirada con acuse de recibo y la ampliación de la sonrisa. Perdóname que te corrija, Inteligencia, pero simpatía no es el nombre exacto de la cosa. No doy con la palabra para nominar el sentimiento que el bandido Toño Bicicleta arranca al país puertorriqueño tras revitalizar su imaginación y dar pie al relajo acrático y la bayoya nada leve. Aunque unos ramalazos de simpatía y unos chisguetes de compasión se avistan cuando se bembetea del bandido Toño Bicicleta. De forma secundaria asoman por el bembeteo las sonoridades compasivas del *Ay bendito*.

Acaso la palabra que procuro sea admiración.

Una admiración ambigua, matizada por los peros y los remilgos. Una admiración inducida por el cuero duro, la tenencia de agallas y los cojones en su sitio. Que son las tres banderas que festonea el bandido Toño Bicicleta, las banderas con las que ofende y daña.

El aplauso le da derecho al nombre

El nombre Toño Bicicleta implica que Toño y la bicicleta formulan una corporación delincuente, que Toño envileció la bicicleta y corrompió su destino, que la indujo a la ruindad.

La bicicleta de Toño se inserta en el resumé de sus fechorías precoces. Pero, sobrevive en la imaginación popular como compinche de las fresquerías y los oprobios presentes, de las perpetraciones y de las penetraciones.

Sepan cuantos leen que en la calle se vislumbra el sillín de la bicicleta como el lecho precario sobre el cual Toño improvisa la promiscuidad. Sepan cuantos leen que en la calle se vislumbra el sillín de la bicicleta como el escenario portátil donde Toño filma unos cortometrajes a los que les sobran equis. Sepan cuantos leen que Bicicleta es el blasón de un héroe con el anti a cuestas—antihéroe que sustituye el caballo por la bicicleta, la bicicleta por las piernas, las piernas por el par de centellas. Después, el nombre Toño Bicicleta distingue a quien borda el papel del incorregible, del rejodido, del que desgraciaron y corrió a desgraciar.

Y a agraciar aunque se me descrea y vilipendie.

Calcula la estadística que por cada varón puertorriqueño hay siete mujeres condenadas a la soltería. Más de una mujer, con la pasión de gozar desempleada, coquetea con la inconveniencia de que Toño Bicicleta la secuestre y la eleve hasta la cresta del gemido. Para más de una mujer, con la pasión de gozar desempleada, Toño Bicicleta encarna una funesta pero explicable tentación.

NI PLENA NI SALSA NI CONFETTI

Puesto que el bandido Toño Bicicleta vive el papel del villano, con una vocación fatal, se echa de menos una repicada plena que lo defienda, como aquella de los años cincuenta que defendió a otro escurridizo:

Palomilla Palomilla,
Tu historia es muy importante,
Te acusan de criminal,
Y tú no has matado a nadie.

Es cierto que el bandido Toño Bicicleta no ha mostrado intención rehabilitadora ni se lo ha visto mirar hacia atrás con arrepentimiento. Y tantas son sus hechas que, de nombrárselo, se incurre en la sospecha. Que defiende el territorio donde opera con una maldad impune. Que es la pata del diablo. Que a dañar no hay quien le gane. Que en la muñeca izquierda un tatuaje divulga el credo que lo guía— *Te odio.*

Pese a que da culillo el tatuaje en su muñeca, pese a que los salseros mayores como Cortijo, Richie Ray, Maelo, Bobby Cruz, Roberto Rohena y Ray Barreto no lo ensalsan, pese a que el Cardenal Aponte Martínez no le otorga el imprimátur de su sonrisa, pese a que Toño Bicicleta no es un vasito de maví, el país puertorriqueño endosa el clamor de su madre—*Dispárenle a las piernas pero no me lo maten.*

Por ahí, también, se apea el veredicto del radio oyente influido por el *Ay bendito.* Que le disparen a las piernas. Que le tronchen la posibilidad de huir. Que jamás pueda volver a montar en bicicleta. Pero, que no lo maten. El telenarcotizado interpreta la persecución del bandido Toño Bicicleta como un *show* de pillo y guardia y su veredicto lo tecnicolora la rehabilitación a la puertorriqueña. Que lo encierren en *Las Malvinas.* Que lo depositen en la tumba de los vivos. Que lo excluyan de la sociedad para siempre. Pero, que no lo maten.

—No, que no lo maten.

—Mas, si lo matan, que se transmita una sentida nota de duelo que diga: *Toño Bicicleta ha ido a morar con el Señor.*

—Una esquela fúnebre por el estilo de *Toño Bicicleta ha dejado de existir* estaría más que bien.

—Bajo ninguna circunstancia la esquela divulgará que una ráfaga de balas redujo el bandido a picadillo cubano.

—Tampoco informará que sus piernas veloces se redujeron a un muestrario de várices.

—Ni que los cojones míticos se desangraron.

—Ni que después de matarlo lo cosieron, cantito a cantito, para que estuviera presentable en el velorio.

—No, que no lo maten.

—Mas, si lo matan, que el calce de la fotografía diga: *Ayer acabó sus correrías el tristemente célebre Toño Bicicleta quien vivió apenas si visto como vivió Garabombo el Invisible.*

—Ya entró al *Hall de la Fama* de los forajidos. Ya acompaña a Joaquín Murieta y Carlos La Sombra, a Roberto Cofresí y John Dillinger, a Bonnie Parker y Clyde Barrow.

—Coño, que no maten a Toño.

Pero, lo matarán, tarde o temprano. Lo matarán en cuanto lo distraigan los verdores de la serranía. Lo matarán en cuanto lo alele un flamboyán en flor. Lo matarán cuando lo ofusque la sorpresa que el pitirre le ha preparado al guaraguao. Lo matarán cuando lo ciegue la belleza de una silenciosa catarata de nardos y de azucenas. Lo matarán cuando se pasme de tanto mirar una bandada de torcaces en formación aérea hacia los sures.

POST SCRIPTUM

El dos de junio de mil novecientos setenta y cuatro publiqué en el semanario *Claridad* el artículo "Epitafio para Toño Bicicleta." Sumaba cinco páginas. Años después lo convertí en un trabajo de dieciocho páginas que leí, en Washington, en el apartado literario de un congreso de ciencias sociales. Compañeros amables de aquella jornada lo fueron Nélida Piñón y Luisa Valenzuela, Alfredo Bryce Echenique y Eduardo Galeano, José Emilio Pacheco y Nicanor Parra. Como el trabajo había crecido, notablemente, lo rebauticé como "Vida, pasión y muerte del bandido Toño Bicicleta."

Aquí tendría que acabar el *post scriptum* si no fuera porque la literatura llega después que la Vida se manifiesta de una manera desafiante y burlona, intransigente y despiadada. Lo que se cuenta, a continuación, sirve de ejemplo.

El veintinueve de noviembre de 1995, durante las primeras horas de la mañana, en los predios de la finca La Arbona sita en el barrio San Juan Bautista del pueblo de Lares, Francisco Antonio García López, alias Toño Bicicleta, fue sorprendido por un contingente policíaco. Según la versión oficial, cuando se vio acorralado, Toño Bicicleta intentó atacar a los policías con un machete y estos ripostaron con unos disparos de escopeta. Según la versión popular, Toño Bicicleta cargaba tres sacos de café, robados durante la noche, cuando los policías lo sorprendieron por lo que no pudo atacarlos con machete alguno. El bandido se desangró tras un tiro en la zona genital que le hizo el agente Luis Rosa Merced, según informa el periódico *El Nuevo Día* del jueves treinta de noviembre del mil novecientos noventa y cinco. Desinteresadamente, un agricultor de nombre Pedro Bengoechea, domiciliado en el poblado de Castañer, luego de obtener la aprobación de la familia, reclamó el cadáver para darle *un entierro que no sería honorable pero sí respetuoso como lo merece cualquier ser humano*. Al entierro se presentaron unas tres mil personas, según la reseña del periódico *El Vocero* del primero de diciembre de 1995. Bengoechea había sido mi alumno de Literatura Hispanoamericana en la Universidad de Puerto Rico. Recuerdo su afabilidad y hombría de bien, recuerdo su entusiasmo por las paradojas. El martes veintiséis de diciembre de mil novecientos noventicinco, en la sección *Entrelíneas* del periódico *El Nuevo Día*, se informa que una plena, cuya autoría corresponde a

los salseros Marvin Santiago y Max Torres, empieza
a difundirse por una emisora de radio. El estribillo
dice:

> *Mataron a Toño,*
> *En el pueblo de Lares,*
> *Fue de un escopetazo,*
> *Y el pueblo lo sabe.*

El veintitrés de enero de mil novecientos noventa
y seis dispuse el nombre definitivo para el texto que
el lector acaba de leer. La justicia poética mandó que
lo llamara "Vidas, pasiones y muertes del bandido
Toño Bicicleta."

Fortunas y adversidades del escritor hispanoamericano

La noticia se transmitió con una sequedad que mucho tenía de desprecio a quien fue, durante largos años, asesino y ladronazo de su pueblo—el dictador Anastasio Somoza huyó de Nicaragua en compañía de catorce generales y siete cotorras. Más que la huida, previsible tras los heroicos alzamientos populares contra el régimen bastardo, sorprendía la escolta del fantoche. Y más que la escolta, proyectante de una pompa ridícula en que ponía su inevitable eco la tragedia, llamaban la atención el múltiplo y el divisor: non el número de las cotorras, par el número de los generales.

Un recientísimo atracón de los cuentos de monte de Horacio Quiroga me empujó a trasoñar que correspondería a las cotorras la misión de ofrendarse si la muerte se antojaba de ultimar a cualquiera de los escoltantes o al mismísimo escoltado. A manera de protección contra dicha veleidosa señora, rebautizada como Juana Capricho por los profundos filósofos de cafetín, en miles de bateyes hispanoamericanos se asigna a los animales domésticos el papel del sacrificable: *si a Ella se le mete en el moño llevarse a uno de los nuestros que se lleve nuestro perro.* Los generalotes de la América jodida, en su mayoría hombres de talento montonero, se reforman el cuerpo en los gimnasios de la Agencia Central de Inteligencia, allá en el norte. Pero, el alma se la cuidan los brujos y los espiritistas, acá en el sur. Brujos y espiritistas, chamanes y curanderos que recetan, por ejemplo, atole de sierpe para revitalizar el pene que agoniza, baño en el mar recrecido para impedir la humillación de la vejez, la tenencia de animales domésticos para embaucar a Juana Capricho cuando a ésta le salga del moño llevarse a uno de la tribu.

No, no llevé cuenta de las interrogaciones que me desafiaron desde que la noticia me llegó. ¿Cuántos códigos de banco suizo transportaban los sesos de las siete cotorras? ¿Tras cuántos sobornos de sopitas de pan o guineo majado anunciarían las chachareras los números que transportaban? ¿Cuáles abusos estrenarían los catorce generales si las siete plumíferas no soltaban la preciosa información al mimoso reclamo—*Cotorrita, di?* ¿Les arrancarían las uñas como se las arrancaban a los insatisfechos durante la larga noche somocista? ¿Las pellizcarían con regodeos sádicos? ¿Las sodomizarían para ensayar otra arma?

Mi imaginación se embochinchó.

Visionario, con fantaseadas ambientaciones de luz y de sonido, escenifiqué la forzada partida. Al fugitivo mayor lo revestí con medallas hasta por los hemisferios anales. Con driles de gala vestimenté a los gorilas subalternos, las solapas se las engaloné con chapas de Pepsi Cola. A las cotorritas las embarnicé de color verde monte y luego las despatarré sobre los hombros de los muy generales. Para que la música esplendorizara el cortejo mandé ejecutar charangas de marcialidad paródica, además de *La raspa.*

El alboroto o bochinche de mi imaginación lo duplicó la carta que, días después, me envió un amigo colombiano. La misma registraba el grito vengador que la fuga del avieso Tachito produjo en una pared de la bellísima Cali —*Somoza, Somoza, ahora sí que te liliputeaste.*

De modo que estamos de moda

Comenté a un peninsular tratante en libros, de paso por San Juan, que el desfile estrambótico de un dictador despreciado, catorce generales, siete cotorras y el grafito exultante, me habían quevedizado el sueño. Añadí que el casamiento de ambas informaciones, en un texto de especulación y ruptura, potenciaba una creación de verbo funámbulo que me tentaba. Tal vez un ensayo con tintas ennegrecidas. Tal vez una novela sobre la América amarga, de estrategia bufa, con sus hombres ruines como personajes centrales. Tal vez un ejercicio de gran guiñol y catarsis colectiva en que los dictadores, refugiados en una Disneylandia gótica, acababan siendo estrangulados por el rabo del perro Pluto, destazados por el pico del Pato Donald, masticados por los colmillos del Ratón Miguelito. Tal vez unos medallones biográficos, orlados por unas sentencias condenatorias. Como *Somoza, Somoza, ahora sí que te liliputeaste.*

Apenas pasaron dos semanas de la conversación con el tratante en libros cuando recibí la oferta de una editorial española para adelantar el *proyecto.* La ambigüedad del término proyecto me libraba del compromiso con género alguno. Naturalmente, una novela sería más que bienvenida por el prestigio inmanente del novelar. Y por la noción extendida, inexacta claro está, de que la novela supone la prueba de fuego del escritor, su coronación como artífice de la palabra suspensa. Naturalmente, un ensayo sería bien recibido por la madurez que se le reconoce a quien sopesa las reflexiones y metodiza los discernimientos.

Pero, a la editorial española sólo le importaba lo que *yo* tuviera que opinar. La editorial española se comprometía con la hondura de *mi* mirada, con *mi* asedio a la memoria americana posesa por el veneno y la carcoma, con *mi* cirugía a la historia y la ficción de un continente que confunde ambas desde que Cristóbal Colón se rascó el culo y la codicia, previo a exclamar, en un castellano corrupto por el portugués y el genovés—*¡Me cago en lo que me cago! ¡Todo lo que brilla es oro!*

Si subrayo, rabiosamente, el pronombre *yo*, el pronombre *mí*, no lo hago por narcisismo o arrogancia. Menos por la confianza ciega en los oropeles precarios y estupidizantes de lo uno y lo otro. Que hacen pasar por ebria genialidad lo que es sobria aplicación, tributo a la página sin poblar, paciente artesanía de quien asume el talento como una dramática conquista.

No, no era la transparencia de *mi* enorme creatividad, el alcance infinito de *mis* manejos prosodiales, *mi* escritura sin competencia y otras parecidas malversaciones de elogio lo que interesaba a la editorial. El empeño por comprar una obra que no estaba hecha, asuntada a grandes rasgos o bosquejada, lo precipitaba mi condición de escritor inserto en las dificultades de una cultura fronteriza. O lo que es igual, un escritor nativo de una ínsula gobernada, sucesivamente, por dos imperios; un escritor alimentado, a la fuerza, por dos antagónicos entendimientos de la realidad. Y de paso, el reconocimiento frontal de mi identidad puertorriqueña como ramal de la hispanoamericana; identidad impuesta contra viento, marea y otras señales de tempestad.

Mas, razonaba yo, entre confundido y azorado, la explicación anterior no podía ser la única.

Mejor pensar que la solicitud urgente de un texto aún sin hacer la decidía mi procedencia de la nación febril que es el Caribe. Multirracial, multisubdesarrollada nación que el prejuicio percibe como un palmar exótico donde danzan unos negros ineptos y unos mulatos holgazanes, unos negros y unos mulatos cachondos, representativos de un Caribe hamletizado—*To fuck or not to fuck, That is the quintessential question.*

Caí, sin más, en la tercera e indudable explicación. El contrato de la obra, todavía archivada entre las mil que el escritor delibera cada día, trascendía mi persona y mi egolatría. Yo era, simplemente, otro tentativo mensajero de un promisorio dogma de edición llamado NUEVA LITERATURA HISPANOAMERICANA.

Llama la atención el traqueteo a que se ve sometido el escritor hispanoamericano estos días. Llama la atención la recepción de todas sus opiniones como acontecimientos. Llama la atención las muchas invitaciones que se le extienden para conferenciar, charlar, improvisar, incluso para divertir, en las universidades de postín, las asociaciones cívicas, las fundaciones filantrópicas, los congresos sobre temas dispares; congresos cuyo público se convierte en muchedumbre si lo encabeza un escritor con quites de torero o pases de artista del *rock*, si tiene como *key-note speaker* a un peje gordo de la celebridad.

Con una desfachatada perspicacia, integral a su magisterio fabulador, Gabriel García Márquez afirmó, durante un congreso celebrado en La Habana: *Hay un congreso institucional cuyas reuniones se suceden cada año en lugares tan apetecibles como Roma o Adelaida o tan sorprendentes como Stavanger y Verdún o en algunos que más bien parecen desafíos de crucigramas como Polyphenix o Knokke.* Y remató, con la malignidad sublime y la ironía demoledora, que principiarían, si lo quisiera, el relato de un congresómano: *Un intelectual complaciente podría nacer dentro de un congreso y seguir madurándose en otros congresos sucesivos, sin más pausas que las necesarias para trasladarse del uno al otro hasta morir de vejez en su congreso final.*

Quien incurre en la crasa debilidad de citar a Gabriel García Márquez debe incurrir en la debilidad crasa de citar a Mario Vargas Llosa. ¿No encarna Gabriel García Márquez, según el maniqueísmo que se practica en la república de las letras, el credo de la izquierda que avanza? ¿No encarna Mario Vargas Llosa, según la república de marras, el credo de la derecha que conserva? Entonces, si se acude al funesto Diablo habrá que acudir al buen Dios con la venia del buen Sartre. Aunque el buen Dios respalde una que otra barrabasada. Aunque el Diablo se confiese, rece. Aunque García Márquez y Vargas Llosa se satisfagan, parecidamente, en los vecindarios del poder. Incurramos, pues, en la debilidad crasa ya que incurrimos en la crasa debilidad.

Con un humor paradójico, integral a su magisterio fabulador, Mario Vargas Llosa comentó, durante un congreso de letras celebrado en Washington, que los escritores latinoamericanos ya no éramos los parias tradicionales. Y con unas fingidas conturbaciones, procedió a indicar los parias rehabilitados por la anfitriona fundación *Wheatland*; siete escritores de Argentina, Brasil, Chile, Cuba, México, Perú y Puerto Rico que reflexionaron sobre su propia obra ante un público compuesto por John Updike y Joseph Brodsky, Hans Magnus Ensesberger y Elizabeth Hardwick, Martin Esslin y Gregory Rabassa, Robert Stone y Héctor Bianciotti, Michael Kruhger y Derek Walcott, entre otras luminarias refulgentes.

Por el epíteto *luminarias refulgentes* no se me castigue. Con tal calificativo renomina a los escritores, más exitosos, la jerga que razona el hecho literario, últimamente; una jerga de estirpe farandulesca que gusta anexionar la literatura a las perplejidades del *show business* y el escritor a los gremios de los artistas de variedades, de los *funny men*, de los *entertainers*.

La fiebre que contagia la literatura que firman los *antiguos parias*, como nos bautizó, irónicamente, Mario Vargas Llosa, liquida toda clase de dividendos. Descuento las cenas frías en las residencias opulentas de los capitalistas. Descuento el incienso que deparan los socialismos a los letratenientes puros. Descuento la membresía protagónica en los jurados de los festivales de cine y el codeo con el *establishment* de la Clase Obrera y el Partido Unico. Cuento, primeramente, el reconocimiento de que el escritor hispanoamericano se atraganta de sueños, que lo persiguen los fantasmas de la duda, que le teme a las marchiteces de la vida más que a los estertores de la muerte. Es decir, su hacer creador y discurrir vital contrarían la fama de *locuelo de poca monta* que le endilgaba la *inteligencia* del Primer Mundo. Otro dividendo consiste en la readjudicación de importancia a obras que, por desconocimiento o injusticia, fueron, largamente, arrinconadas. De entre las que han tenido una segunda oportunidad registro las *Redondillas* apertrechadas de ironía que firma Juana Inés de la Cruz, la novela magna de José Eustasio Rivera, las ficciones exasperantes de Roberto Arlt. El tercer dividendo, en permanente controversia, viene a ser el debut del agente literario que sortea los manuscritos entre los editores, ajusta las tiradas, liquida las regalías, compromete las traducciones y hasta salvaguarda las neurosis de los representados. Si la carrera de Norman Mailer la conduce el ojo gavilán de Scott Meredith, la carrera de Isabel Allende la maneja el ojo catalán de Carmen Balcells.

Donde escribí fiebre pude escribir avalancha: cuando la sucesión de escritores eficaces desmiente la reducción del acontecimiento a golpe fortuito de los años sesenta, cuando la pléyade de más *stars* y más *superstars* desfasa el vocablo *boom*, cuando se hacen respetables las tesituras de Alfredo Bryce Echenique y Fernando del Paso, Ricardo Piglia y Mayra Montero, Angeles Mastretta y Edgardo Rodríguez Juliá, José Emilio Pacheco y Luisa Valenzuela, Tomás Eloy Martínez y Rosario Ferré, Rafael Humberto Moreno Durán y Elena Poniatowska, Luis Sepúlveda y Zoé Valdés, entonces se acepta, como verdad irrefutable, que la literatura hispanoamericana contemporánea se caracteriza por la sorpresa sin fondo, la renovación infatigable del andamiaje verbal, la continua reformulación discursiva.

Prosiguiente a la fiebre por la literatura hispanoamericana aparece una crítica que esquiva el descripcionismo e inaugura sistemas de opinar. Transparentes o crípticos, llanos o ensoberbecidos, procedentes o majaderos, graciosos o responsables: el menú crítico abunda como abunda el compromiso de señalar con tino e intermediar con ciencia.

Sobre todo, dicha literatura seduce al lector que huye del realismo amodorrado y opta por refugiarse en los textos que redefinen el arte de hacer novelas, los textos que excarcelan la fantasía. Un lector que cuestiona y establece criterios de calidad. Un lector que, además de comprar libros, los escruta con detenimiento y procede a difundir sus complacencias y reservas. Un lector que exige de la literatura cierta razonable amenidad y una lucidez total en la valoración del mundo.

Como consecuencia, porque lo ensalzan los críticos y no le faltan los lectores, se ha hecho particular y notoria la presencia del escritor hispanoamericano, tras su reencarnación hollywoodosa, en las universidades de postín, las asociaciones cívicas, las fundaciones filantrópicas, los congresos sobre temas dispares. Consecuentemente, han aumentado su *ranking* y su *standing* en los comercios de la cultura y los dominios movedizos de las letras. ¡Y de las armas si a ver vamos! Pues el asentamiento del escritor hispanoamericano en el partidismo político ha llevado a confundir sus opiniones con los pertrechos de los soldados. Y el aterrizaje en los canales de televisión ha autorizado el camuflaje belicista de su persona. El *look*, la telegenia y el *close up* amenazan con desplazar a un plano secundario el único vínculo a formularse entre el público y el escritor: el libro.

JET SET Y CHAMPÁN ROSA

Suddenly, al escritor hispanoamericano se le trata como a una vedette adulable cuyos encantos personales se reputan más que su lucha con el ángel. ¡El Julio Iglesias de la novela! ¡La Gloria Trevi de la hermenéutica feminista! ¡El Rubén Blades del marxismo decadente! ¡El Stevie Wonder del socialismo duro, el socialismo a la rumana! *Yes*, la rendición incondicional del escritor hispanoamericano a los estudios de la televisión le ha sobrepuesto a su inteligencia una capa de espeso maquillaje y lo ha llevado a teatralizar la inteligencia.

Teatralización de la inteligencia, talento interrumpido por el exceso de maquillaje, besuqueo con la humanidad *chic* y la humanidad *vip*, melodramatización risible del *compromiso*, desmayo continuo sobre la espúmea colcha de la frivolidad: he aquí resumidas unas cuantitas trampas que amenazan a los escritores hispanoamericanos actuales; escritores de los que, muy pronto, habrá que informar—*los devoró la selva de la celebridad.*

Con su habitual acierto discurriente, Mario Vargas Llosa especula, en el discurso de aceptación del Premio *Rómulo Gallegos*, que la sociedad privilegiada, la sociedad *bien*, intentará anestesiar al escritor mediante la sobredosis de lisonja y homenaje.

Habría que aclarar que la anestesia se huele, fácilmente, cuando la lisonja es burda y el homenaje procaz. O cuando el dinero, contante y sonante, sale a comprar, con gesto descarado, el silencio o la complicidad del escritor. La mayoría de las veces, la sociedad que afirma sus bulas y exenciones a costa del deterioro ajeno, practica el control de los escritores con finísimas maneras y ladinas circunspecciones: inclusión del escritor en el fiesteo del *jet set,* transformamiento del clic fotográfico en la sombra sonora del escritor, otorgación semanal al escritor de un pergamino en que sobran los *por cuanto,* presencia del escritor en cuanto *talk show* se transmite, glamurización del escritor por la prensa rosa, equiparación del escritor con un medallón ornamental para lucir en el pecho mayestático de la *Beautiful People*, reseña del bronceado estival del escritor con la misma puntualidad que se reseñan sus novelas.

Benignas ceremonias de elogio parecen, intentonas de manipulación a las que hacer ningún caso. Pero, en verdad, se trata de dispositivos para achatar la conciencia y prostituir la sensibilidad, manejados con guantes de costosa seda.

Los sinsabores de la marquesina y la vitrina

Mejor decirlo sin pelos en la lengua. Una vez el escritor da el salto mortal a objeto atesorado por la *High Society*, una vez se afianza como un sujeto *safe and nice*, su obra la vulnera tan mediocre contrapunto. Peor aún, la adicción a la banalidad pone en entredicho sus páginas. Aunque éstas reproduzcan, ardidas por la denuncia y la protesta, las simas menos prefiguradas de la carne, las cimas menos escaladas del espíritu.

La vida del autor explica su obra, tangencialmente, pese a que la crítica biografista vacía la una en la otra y convierte el rumor de la persona en la clave del análisis. A la crítica lorquiana que falofica cuanto cuchillo o tallo, asta o leño, cornetín o figura alongada menciona el granadino inmortal, por aquello de concurrir en la inexactitud del *Todo lo llenas tú homosexualidad*, *Todo lo llenas*, habría que recordarle la refutación embromona de Sigmund Freud— *Ocasiones hay en que un cigarro no significa otra cosa que un cigarro*. Y Baudelaire, esa luciérnaga sifilítica y holgazana que escribió *Ser un hombre útil me ha parecido siempre algo horrible*, dedicó buena parte de su vida a dar prueba y garantía de su utilidad. Que en la república de las letras abunda la pose de maldito, raro e incomprendido. Y un centipondio de escritores hay que sufre y se desmelena en la escritura pero en la cotidianidad se está alegre como unas castañuelas y ríe a felices carcajadas.

Todavía más, vida y obra se contradicen, hasta el descreimiento, cuando aquella sensibilidad que ingenia versos como amaneceres tibios, que al son de la acuciosa idea pone el idioma en trance de bailar, resulta que aposenta en esta persona que infama hasta por los codos, ésta pútrida a quien le hace bien hacer el mal. De ahí que la ironía merezca reputarse como la estrategia pertinente a la hora de calibrar la condición humana.

Aún así, saludablemente distanciadas vida y obra, con tristeza admitido el hecho de que el talento formidable no impide al malandrín de serlo, bajo el amparo de una admiración que se confunde con el respeto moral, el lector solicita del escritor una coherencia mínima entre el acontecer de su vida y el engranaje de su obra.

Gusanos, comuñangas y otras excrecencias

Otra razón para el traqueteo a que se expone el escritor hispanoamericano, estos días, la sustantiva la alucinante visibilidad de las masas que, a lo largo del siglo, huyen del territorio continental; huyen de México, de Cuba, del Salvador, de la República Dominicana, de Argentina, de Nicaragua, de Guatemala. Y la condena o la lástima que despiertan, su estadía pasajera o instalación definitiva, en las latitudes a donde mudan sus contrariedades. Parte de la masa se inscribe en el viaje a la vida decente que en el país natal se imposibilita, la desesperada aventura de *la migra*: los ilegales, los mojados, los yoleros, los balseros. La otra se inscribe en el apartado de los clasificados como *inadaptados sociales*. Los que abandonaron Chile y Argentina y a quienes, despectivamente, se llama *comuñangas*. Los que abandonaron Cuba y Nicaragua y a quienes, despectivamente, se llama *gusanos*.

Desde luego, sólo la mala fe intelectual reduce el heterogéneo exilio argentino y chileno a una banda de izquierdistas ineficaces o de resentidos derrotados. Desde luego sólo la chapucería moral reduce el complejo exilio cubano y nicaragüense a una banda de derechistas trepadores o de parásitos reaccionarios. Urge corregir la inocua generalización de que el exilio hispanoamericano lo compone un elemento extremista y beligerante. Los *comuñangas* comisariales y los *gusanos* vociferantes, los ideáticos que santifican el propio credo y diabolizan el ajeno, forman una minoría descabellada en el universo de los hispanoamericanos que huyen, que se exilian. La mayoría de los hispanoamericanos exiliados nada tiene que ver con el carnet del Partido o la camisa negra del facha, los fusilamientos o las desapariciones, el endiosamiento del Comandante o la sacralización de los Generales, las camarillas o los camaradas que suscriben la intransigencia ideológica o la eliminación del opositor. La mayoría del exilio hispanoamericano sale a buscar el *bocao de comía* al margen del agobio marxista, al margen de las torturas de los gorilas, al margen de las disfunciones de algunas democracias *made in Latin America*. Los paraguayos catalogados como caóticos en París. Los bolivianos repulsados como indisciplinados en Berlín. Los uruguayos rebajados por morochos en Viena. Los argentinos vituperados como sudacas o latinochés en Barcelona. Los mexicanos tratados como desconfiables en California. Los salvadoreños contenidos en la servidumbre doméstica de menor remuneración en Washington. Los dominicanos certificados como *the worst puertorricans* en Nueva York.

Leí *the dominicans are the worst puertorricans* en una valla que guarda la construcción de otro rascacielos en la esquina de Broadway y la Sesenta y Cinco. Lo leí una vez, lo leí varias, porque la incredulidad me hizo enfrentar, durante cuatro o cinco ocasiones, tal expresión de ultraje colectivo y prejuicio étnico.¡De manera que los dominicanos son los peores puertorriqueños! ¡De manera que el prejuicio étnico ha consignado una categoría de defectuosidad moral e intelectual cuyo lugar más bajo lo ocupaba la escoria puertorriqueña hasta el arribo de la escoria dominicana!

Unas secuencias como las anteriores, captadoras del prejuicio contra los exiliados y los desterrados, los yoleros y los balseros, los mojados y los ilegales, los chicanos y los *spiks*, llevan a preguntar si llegará la ocasión en que las dirigencias hispanoamericanas se sensibilicen, si cuajará una oligarquía hispanoamericana dispuesta a tratar los pobres como personas, si cesarán los mercaderes hispanoamericanos del Materialismo Histórico de ofrecer unos cupones a librarse en el Porvenir Glorioso de los Pueblos a cambio de un presente sarnoso, desmayado y jodido.

Unas secuencias como las anteriores, preñadas de acritud y captadoras del desprecio contra quienes salen a buscar el *bocao de comía* al margen del agobio marxista, de la tortura de los gorilas y de las disfunciones de las democracias *made in Latin America*, expresan la otra razón, poco sospechada o innombrable, para el lleva y trae que somete a los escritores hispanoamericanos en la actualidad.

El paraíso y la serpiente

Porque lo ha sudado hasta ver bajar la lágrima y sentir sangrar la úlcera, el escritor hispanoamericano actual disfruta de una enorme resonancia, ve la edición de sus desvelos, amontona regalías. Merecidamente, se le invita a opinar pues su repertorio de ideas y las novedades de su ingenio, demuestran una agudeza expresiva y una penetración intelectual, superiores. Merecidamente, ha accedido a ese paraíso en la tierra que se llama Exito.

Pero en todo paraíso se arrastra una serpiente. Temibles son las esclavitudes y los desgastes que acarrea la fortuna, temibles son los colores con que la tiñe, poquito a poco, la adversidad.

Para cuidarse de la adversidad o aplazar su ocurrencia, el escritor hispanoamericano debería burlar la estilística del *estrellato* e intentar una práctica literaria al margen de la exhibición sin cesar. Complementariamente, favorable le sería mantener una relación discreta con la llamada *Gran Sociedad;* discreta, reservada, sobre todo crítica de los abusos que ella comete y los privilegios que ella reclama. Sin permitir que la demagogia popularista le dicte órdenes, debería prestar su voz a los seres accidentados que le duplican la estatura autoral; los miles de seres rotos que confirman en la puerca realidad sus referencias letradas a los muertos de hambre, a los desechados. Finalmente, procede que se distancie de los poderes cupulares como expresión de salud mental y medida de profilaxis. *¿Por qué oscurecer más lo que ya es oscuro por sí mismo?,* como dice Bertold Brecht en su inquietante poema sobre Empédocles.

De vivir para circular por los cocteles de la *High* y abrazar, sin empacho, a quienes absuelven la propia lengua y condenan la ajena, de acostumbrarse a la parranda con el millonario y el señorón, de ignorar que su fama artística y su estatura moral *también* la edifica la visibilidad trágica de sus compatriotas comunes y corrientes, el escritor hispanoamericano merecerá el castigo de un grafito, parafraseador del que resonó en una pared callejera de la bellísima Cali, cuando el asqueroso dictador Anastasio Somoza se largó de Nicaragua en la compañía de catorce generales y siete cotorras— *Escritor hispanoamericano, escritor hispanoamericano, ahora sí que te liliputeaste.*

AUTOBIOGRAFIAS

¿Por qué escribe usted?

A mi vocación literaria, a mi modo de enfrentarla, a mis ciclos de euforia creadora o de silencio penitenciario, se les suelen pedir más cuentas de las que yo, razonablemente, puedo dar. Como si quienes me piden las cuentas, los lectores habituales o circunstanciales, hubieran separado para sus personas el derecho a preguntarme, sin explicaciones previas, de buenas a primeras, *¿Por qué escribe usted?*

Taimadamente, como quien devuelve el golpe, yo debería responder a la pregunta con otra, *¿Por qué lee usted?* Pues el escribir y el leer formulan una hechizada conversación entre dos personas que aman lo mismo: los movedizos contenidos de la palabra. Si el lector anda, siempre, a la búsqueda del libro que le regale satisfacciones, el escritor anda, siempre, a la espera del lector que tienda un firme puente hasta las orillas de su libro, un lector dispuesto a transformar el libro en el boleto para un viaje singular si bien de apariencia inmóvil. Cuantas veces el lector asume su papel la obra resucita de la tumba del libro, se replantea la armonía de su construcción.

Cuantas veces el lector presta la voz suya a la voz de la obra ésta renace, ésta recupera su antigua novedad.

Si la pregunta *¿Por qué escribe usted?* la animara la inteligencia defectuosa o frívola lo percibiría, seguido. Como también repararía si su emisión procediera del vecindario del reproche. Pero, no. Se trata de una pregunta honesta, motivada por el deseo de adentrarse en el laberinto de la vocación escrituraria, sinceramente interesada en los procesos creadores que culminan en lo que se nomina, empeñosamente, *la obra*. Se trata de una pregunta en que parece sintetizarse la sorpresa que suscitan las manifestaciones de talento dedicado a levantar realidades autónomas con las palabras como material único y los signos de puntuación como los moldes que expanden o que restringen las palabras.

ELOGIO DEL PUNTO Y DE LA COMA

A la coma no se le ha dado el reconocimiento que merece como la indicadora de la respiración pulmonar del texto. Tampoco se han valorado las posibilidades semánticas del punto. Aunque en dos obras capitales de nuestros días, *Esperando a Godot* y *El lugar sin límites*, al punto se le encarguen unas funciones que desbordan el mero dar aviso del final de la oración. Unas funciones que inciden en el acto de caracterizar los personajes, de perfilar sus insuficiencias, por un lado. Y por el otro, de propiciar unas atmósferas de mortificación y de embriaguez moral. El nihilismo becketiano, el desempleo existencial de Vladimir y Estragón, navegan entre los puntos de sus conversaciones truncas, mientras esperan al dichoso Godot, ese desconocido cuya informalidad lo lleva a posponer su comparecencia, una y otra vez. Y la personalidad oculta de Pancho Vega, un protomacho hispanoamericano afectado por la sexualidad ambigua, avanza entre los puntos suspensivos con los que José Donoso desgrana sus reveladoras, sus pavorosas pesadillas.

El lector como el autorizador

Porque la literatura, aunque se modela en las apariencias de la realidad, constituye una realidad autónoma, una realidad de tal manera independiente que promulga las leyes que la sustentan. Al margen de que la crítica ensaye, periódicamente, unas teorías explicatorias, cuyo afán de novedad amenaza, en ocasiones, la sencilla intelección, al margen de que los procesos literarios de canonización o los tejemanejes mercantiles empañen la amable sorpresa de la imprevisión, la obra literaria retiene una integridad impostergable, una integridad resistente a los desafíos de lector. Quien es, por otra parte, quiéralo o no, lo repetimos, el sujeto que reactiva la belleza o la resonancia, la complejidad o la transparencia de la obra, cuantas veces se sienta a leerla, cuantas veces se sienta a autorizarla.

En fin, que si bien la razón de la obra artística no hay que buscarla fuera de ella, aunque en ella se impliquen la cultura de la época y la biografía sensorial del autor, corresponde al lector resucitarla del libro, enjuiciarla, compartir la noticia de su hallazgo, revitalizarla con la interpretación convencional o arbitraria. En fin, recorrer los caminos recorridos por el talento de quien la firma. Un talento que, por cierto, día a día, con mayor convicción, yo asocio con las benditas iluminaciones de la paciencia.

LAS BENDICIONES DE LA PACIENCIA

La palabra paciencia parecería restarle mérito y prestigio divino a la escritura, parecería restarle luz angelical, eteridad. La palabra paciencia parecería destinada a los usos corporales como el deporte y las faenas asociadas al desempeño físico. La palabra paciencia parece ajena o forzada a la hora de juzgar la escritura.

No lo es.

A ella, a la paciencia, hay que responsabilizar, esencialmente, por la florida del talento, a la paciencia ascendida a pasión, a la paciencia que hace inefectivo el tópico romántico de la inspiración o el estado de gracia. Convengamos en que aún pervive el lastre romántico de que el escribir literario se efectúa tras unos arrebatos, un trance cuasi místico, o una posesión sobrenatural.

Desde luego, hay días especiales en que la sensibilidad o la inteligencia se agudizan, se hacen más patentes, fluyen con tanta fertilidad y naturalidad que parecen haber sido determinadas por una conciencia superior. Con la especialidad de esos días, dos poetas hispanoamericanos hoy circunscritos a un lugar secundario en las historias literarias, Juana de Ibarbourou y Porfirio Barba Jacob, compusieron unas salutaciones optimistas que han quedado como un inesperado aparte en sus obras completas.

Pero la poca frecuencia de esos días confirma que la sensibilidad y la inteligencia, por sí solas, apenas si producen el combustible suficiente para que el arte se logre, apenas si garantizan la energía necesaria para que la obra empiece a cimentarse, palabra a palabra, oración a oración, párrafo a párrafo hasta su final convertimiento en una estructura sólida, espaciosa, duradera. ¿Qué otra cosa es *Don Quijote de la Mancha*, además de un universo atestado por la grandeza espiritual, sino una perfecta e inconfundible construcción verbal, deslumbrante y deslumbrada? ¿Qué otra cosa es *Cien años de soledad*, además de una saga en donde toda pasión halla su asiento, sino una edificación monumental en la que una sola palabra, soledad, posee el virtuosismo de ser la llave que abre y que cierra las vidas? *Martillo, condúceme al corazón del misterio* suplica Enrique Ibsen; súplica entre aturdida y emocionada, que servirá como su epitafio. La súplica a la humilde pero útil herramienta patentiza el camino de trabajo, de esfuerzo, de confiada dedicación por él seguido a la hora de dar forma a sus grandes ficciones, *Casa de muñecas, El enemigo del pueblo, Las columnas de la sociedad, Espectros*.

La inquebrantable voluntad de decir, la necesidad visceral de encontrar una expresión original, pueden listarse entre las consecuencias de la paciencia, como también el ideal lopista de que el verso claro se levante de un borrador oscuro. Y ese otro monstruo de la naturaleza, Pablo Picasso, cuyas creaciones imponen su nombre en toda nómina del arte como sublevación, del arte como la traducción inobjetable de lo informe a lo perceptible, aclaraba, entre ufano y jactancioso, *Yo no busco, yo encuen-*

tro. El pregón de sus encuentros no era más que la declaración de su capacidad para volcarse en el trabajo, su indisoluble voto matrimonial con la paciencia.

Pero, volvamos al punto de partida.

INTERROGATORIO FRANCÉS

La última vez que oí la pregunta *¿Por qué escribe usted?* fue por boca de un periodista del parisino *Liberation*, Jean Francois Fogel a quien se le encargó, junto a su colega Daniel Rondeau, la confección de un número extraordinario que acogería las respuestas dadas a la misma por escritores del mundo entero. El número tenía un antecedente honroso.
En el año 1919 el periódico *Liberation* hizo la misma pregunta a Paul Valéry, Louis Aragon, André Breton, Paul Eluard y otros escritores franceses que, con el paso del tiempo, fundamentarían su hacer literario en la audacia irrestricta. Eluard ya había escrito el poema donde aparece el verso *Buenos días, tristeza* que, años después, daría título a la novela precoz de Françoise Sagan y, muchos años después, a una balada para el lucimiento de la voz entrecortada de Isabel Pantojas, una cantante cuya vida sentimental tiene el tempo de un pasodoble triple.

En cambio, Breton no había publicado los manifiestos surrealistas ni recalado en el México lindo y querido, como tampoco Valéry había publicado ese cuerpo lírico, sin par, que constituye *El cementerio marino*. Pero, ya se reconocía en sus obras tempranas una práctica literaria avanzada e indomable; práctica que habría de remontar hasta dar pie a las

78

obras citadas. Unas obras que, acaso, hallaron la motivación adicional en los desastres de la guerra recién concluida y que pasó a llamarse, adecuadamente, Primera Guerra Mundial. Como si se intuyera o se supiera que, en lo adelante, jamás podría haber conflictos bélicos aislados, porque ya el universo consignaba su nueva y definitiva forma—la de una temeraria sopa de aldeas. Como si se intuyera o se supiera que las nociones políticas y culturales de centro y de periferia, de ortodoxia y de marginalidad, se aprestaban a sufrir una socavadora revisión.

FRÁGILES Y ESQUIVAS MARCHAN LAS PALABRAS

André Maurois escribió, como conclusión de su apretado y excelente ensayo sobre la obra de André Gide, que la función del escritor reside en construir un edificio y la de lector en ocuparlo. Acaso, quienes me preguntan *¿Por qué escribe usted?* son lectores ávidos de ocupar mis edificaciones literarias, a los que les parecen semejantes el propósito y la manera. Es decir, seguidores de mis invenciones que, motivados por su devoción, se allegan a mí con el santo y seña que consideran menos levantisco.

La recurrente pregunta, que la redime la buena intención, coloca la escritura en el apartado del hacer arbitrario y dispensable. Detrás de la misma se parapeta la sospecha de que el trabajo del escritor no pasa de ser un pasatiempo que no responde a jefatura alguna, un entretenimiento flexible que se cultiva a deshora y en cualquier lugar. Hasta tumbado bajo la sombra de un pino, hasta en la holganza asociada con la cama y con la hamaca. Esto es, como una actividad libre de tensiones y sudores, como una variación del recreo o el asueto, como un devaneo por los días y las horas del desocupado escritor.

Porque sólo la desocupación amable y sin problematizar autorizaría un hacer con palabras, un hacer inexacto entonces. Que entre palabra y palabra hay corredores secretos y puentes levadizos como afirma el gran poeta José Gorostiza cuando se arriesga a precisar la dificultad que encara la poesía. Y por medio de un homenaje en prosa al diccionario, pareable en la eficacia y la belleza a la "Oda al diccionario" de Pablo Neruda, un muy brillante escritor dominicano, Manuel Rueda, celebra las dificultades que éste resuelve. ¿No tendrá, por tanto, la pregunta *¿Por qué escribe usted?*, un poco de reconvención, de llamado a la cordura?

A un médico cirujano nadie le pregunta por qué realiza la operación, a menos que se necesite conocer, a profundidad, el estado del paciente. Que habrá de ser un familiar cercano puesto que la pregunta huelga si se trata de primos, tíos o vecinos. Tampoco a un albañil se le pregunta por qué mezcla el cemento y la arena ni a una cocinera por qué adereza las legumbres que juntó en la escudilla. ¿Quién le pregunta al bombero por qué apaga el fuego o al abogado por qué defiende al criminal? Todo oficio o profesión define su hacer y su alcance en cuanto se nombra: costurera, aviador, mecánico automotriz, sepulturero.

En cambio, insistentemente, se pregunta a quien escribe por qué lo hace. Tal como si tratara de un asunto turbio o delictivo, un asunto a sospechar, un asunto volátil o impráctico. Algunos escritores, que muy pronto repararon en que la pregunta se la podían espetar a la primera oportunidad, han patentizado una respuesta que les permite salir del paso con gracia y con chispa. De entre las numerosas que circulan, a punto ya de integrar una volumen grueso e ingenioso, prefiero las de dos escritores de excepcional reciedumbre, a los que tengo por amigos, Gabriel García Márquez y Juan Goytisolo.

El primero ha acuñado una respuesta que no huele a guayaba pero sí a fragante trampa —*Escribo para que mis amigos me quieran más*—. La respuesta tiene mucho de greguería. Aunque en la greguería ramoniana el resorte insólito se le encarga a la paradoja. Además de confirmar el carácter retozón del colombiano universal, la respuesta plantea un formidable ardid. García Márquez confiesa que escribe para endeudar a los otros con el cariño, para satisfacer la expectativa a propósito de su genialidad creativa. Juan Goytisolo, más enigmático que Gabriel García Márquez, más apegado al ideal de la escritura compleja, dice que cuando sepa por qué escribe dejará de hacerlo. La respuesta sugiere que en cada obra suya se elabora, inconscientemente, una teoría del autoconocimiento, la búsqueda de una respuesta cuya fatalidad radica en su posible hallazgo.

Por otro lado, Rosario Castellanos, la admirable escritora mexicana, expresa que da por no vivido lo no he escrito, una paráfrasis feliz de los versos de Jorge Manrique, *Daremos por no venido lo pasado*. Una pregunta apropiada para hacerle a Rosario Castellanos sería *¿Por qué vive usted?*.

Ando convencido de que la pregunta *¿Por qué escribe usted?* contiene otras preguntas como contiene varias cajas la sorprendente caja china; que la pregunta esconde un doble fondo, como lo esconden los baúles de los cuales escapan los magos ante el aplauso del público agradecido por la eficacia de la trampa.

Aún así, como la pregunta recurre; como parece que deba darle una pregunta fluida y convincente, tarde o temprano; como suele formularla una persona joven, a lo mejor atemorizada por los compromisos a que empuja la vocación artística, he empezado a razonar, lápiz en mano, *por qué escribo*.

POCO A POCO, SIN NADA DE ALBOROTO.

No les extrañe que sea ahora cuando me decido a llevar a cabo tan poco promisorio inventario. A la madurez de los años le agradezco, públicamente, la rebaja de la ansiedad que, en muchas ocasiones, ha sobresaltado mi vocación literaria, llevándome a sumir en el silencio penitenciario a que ya hice referencia. Una ansiedad que, por otro lado, me ha salvado de rebajar la escritura a producción industrial, de confundirla con la grafomanía megalómana, de ceder a la tentación de dar gato por libro. He publicado lo que he creído pertinente, responsable y necesario si bien he caído, en ocasiones, en lo que algunos de mis buenos amigos llaman el pecado de la inedición. También explica que sea ahora que los años tañen mi sonata de otoño, ahora que vivo una feliz reconciliación con la complejidad de mi persona, esa persona que poquísima relación guarda con los ruidos que le valen a esas dos hijas bastardas del trabajo y la paciencia que se llaman la fama y la celebridad, cuando acepto adelantar una reflexión introductoria, una reflexión en tono menor, de mi escritura, de sus voces, de las razones que concurren en ella.

Créanme.

Yo nunca he tenido el temperamento exigido para mentir en la vida, a riesgo de desilusionar a los que aman el embuste sin temer a sus consecuencias. Yo sólo he querido, sólo he tratado de mentir frente a la página en blanco, empleándome en el trance precario de un dios menor pero diligente, un dios que adjudica destinos y resuelve dificultades, un dios que tira de los hilos de sus personajes con dispendiosa piedad, un dios tan pobre que su cielo está en la tierra.

Intento, pues, una especulación para dar con la imposible respuesta. La especulación se apresta a reconocer que la escritura se visualiza, mayoritariamente, como un pasatiempo que consigue para su cultivador una cierta notoriedad. La especulación postula, en segundo lugar, que el hecho de escribir lo sostienen unas razones que van más allá del escribir mismo—la fama, el dinero, los viajes, la imagen de estrella.

Desde luego, no hablo del escribir formularios, solicitudes de empleo, informes, cartas de negocios; del escribir tildado de grafía mecánica y que se realiza tras un entrenamiento de carácter elemental. Desde luego, hablo del otro escribir, el escribir a plenitud, el que abreva en la fuente de la imaginación, el que se compone con sugestivas cadencias o se levanta sobre la página como una impasible escultura de palabras, el escribir obligado a encontrar el tono preciso antes de asentarse en la página.

Hablo del acto de escribir que, a falta de otras explicaciones coherentes y racionales, se intenta definir mediante algunas metáforas que aluden al tormento, a la angustia y a la guerra. Como la metáfora de los demonios. Como la metáfora de las obsesiones circulares. Como la metáfora de la batalla con el ángel. En fin, el escribir trabajoso, el escribir precario, el escribir asaltado por la duda, el escribir peleado con la arrogancia—esa hermana gemela de la ignorancia.

Hechas las introspecciones de rigor, tras repasar en el frágil archivo de la memoria unas cuantas de mis obras, puedo entonces confesar que, en términos generales, escribo para entablar un diálogo crítico, vivo, a fuego cruzado, con mi país y con mi tiempo; para mediar entre los asombros producidos por la realidad que me rodea y mi persona que la padece. Lo que es un riesgo excepcional si se vive en las Antillas, si se es hijo del Caribe, ese alucinante archipiélago de fronteras.

De todas maneras fronterizo es el Caribe, de todas maneras mezclado. Hasta el extremo de que sólo una paradoja tiene la competencia dialéctica para caracterizarlo—*lo único puro en el Caribe es la impureza*. La mescolanza racial, la mescolanza idiomática, la mescolanza religiosa, la mescolanza ideológica, la mescolanza política, la mescolanza de las disímiles pobrezas, hacen del Caribe un lugar desgarrado según la óptica de Palés Matos y Jean Alex Phillips, de Jamaica Kincaid y Reinaldo Arenas; un lugar de municipal raigambre según la óptica de Derek Walcott y Marcio Veloz Maggiolo, de Aimé Cesaire y Ana Lydia Vega; un lugar descorazonadoramente exótico según la óptica de Graham Greene y V.S. Naipaul. A la vez, un lugar duro y amargo para los propósitos del arte, un lugar destructivo sobre todo. Que en las geografías donde manda el hambre el artista viene condenado a cumplir el papel del paria o del comediante, del extranjero en casa o del asqueante adulador del poder, del mal visto tejedor de la historia de *la tribu accidental* como llama Fedor Dostoeivski al país donde se nace.

Aunque de agua o de sal sean los barrotes un país con forma de isla es un país con forma de cárcel. Tarde o temprano, el Caribe le impone al caribeño la emigración, la errancia, el exilio. Si la emigración se legaliza el viaje tiene como su transporte legal la guagua aérea. Si la emigración se ilegaliza, si se provoca la fiereza de los mares, si se desafía la hambruna de los tiburones, el viaje tiene como su transporte la yola, la balsa.

Desde las islas que las revistas de viaje catalogan de paradisíacas, hasta las islas que las agencias noticiosas catalogan de conflictivas, el Caribe lo integra un hervidero de falsas postales. Detrás de las fachadas idílicas se arrastran unos países con hambre de comida, de alfabetización y de justicia. Detrás de las fachadas conflictivas serpentean unas castas que apartan para sí los más inesperados privilegios.

Escribo, también, para compartir la satisfacción y la dicha que me inspiran el ser un hombre caribeño. Un hombre caribeño oriundo de Puerto Rico. Un hombre caribeño, oriundo de Puerto Rico, de señas mulatas—la piel prietona, la nariz ensanchada, los labios abultados, el pelo rizoso.

De forma abreviada gloso el comentario anterior pues quisiera ponerle impedimento de salida a lo que sepa a demagogia, lo parezca o lo sea.

YO NO TENGO LA CULPITA, OIGAN QUERIDOS HERMA-NOS.

Nunca he practicado la ilusión de provenir de otro lugar del que provengo. Tampoco me ha ilusionado ser otra persona diferente a ésta que soy. A la vez, porque nunca se me ha hecho sana, inteligente o tolerable la idea de que hay un mérito intrínseco en la procedencia nacional, advierto que nunca me ha robado el sueño la imposibilidad absoluta de ser, por ejemplo, norteamericano.

Además, tal sueño me ha parecido siempre el colmo de la aberración, el paradigma superior de la tontería. Sin la necesidad de estafar la propia naturaleza, afincado hasta las entretelas en lo que uno es, sea hombre o mujer, blanco o negro, amarillo o mestizo, religioso o agnóstico, europeo o novomundista, heterosexual u homosexual, joven o viejo, puertorriqueño o norteamericano, hay suficiente aventura y significación, hay complejidad y destino de sobra, como para poder adelantar cualquier vocación, como para poder vislumbrar cualquier proyecto.

En ese sentido, en el hecho de ser puertorriqueño sin traumatismos ni compunciones, sin ceder un ápice a los peligros de la victimización, echando mano del patriotismo cuando ha sido menester pero desacreditando la patriotería cuando ha sido necesario, he buscado, hasta encontrarlos, los materiales con que construir mi obra. Una obra que ha tenido como reiterado eje el diálogo, sin ambages, con mi tribu accidental. El diálogo se ha amparado en lo que un distinguido puertorriqueño hombre de letras, Arcadio Díaz Quiñones, llama *la continuidad de la mirada*. Esto es, la observación interminable, hasta los abismos de la obsesión, de mi país puertorriqueño. El país que me acompaña por doquier. El país cuya canción, dulce o amarga, quiero cantar, inevitablemente.

No se me escapan los riesgos del plan. Y a veces me quejo por no haber hecho una literatura aún más mía en mí, más contaminada por los dictámenes de la carnalidad y el instinto, más sometida a las movedizas leyes del deseo, más receptiva del amor como un sometimiento que formula su poderío en la irracionalidad.

No obstante, desde que se publica la colección de cuentos *En cuerpo de camisa,* he querido hablar, ahora amorosamente, ahora furiosamente, de mi país; he querido, poco a poco, textualizarlo, ahondar en las posibilidades de su fisonomía y de su tipicidad, conjuntar algunos de sus rasgos tajantes. Aunque sin olvidar la verdad de que todo país se configura con una pluralidad de temperamentos y de visiones, de miradas enfrentadas y de indistintas apuestas a los azares del destino. Aunque sin desatender la verdad de que en la geografía moral de un país caben miles de países ensoñados. Hasta en los países cuyos gobiernos representan, en tandas corridas, la comedia de la igualdad a ultranza, la realidad subvierte los reclamos de una taquilla exitosa.

Repito, yo escribo para dar noticia al mundo de mi país. Lo hago porque ha sido en los libros donde he bebido el aliciente para enamorarme, perdidamente, de un lugar particular, de la gente que lo habita y lo modifica, lo vitaliza y lo espiritualiza.

Por ejemplo, amaba a Bahía antes de conocerla, un amor inducido por las novelas sensuales firmadas por Jorge Amado. Con igual fuerza amaba a Madrid antes de conocerla, un amor inducido por las novelas del genial Pérez Galdós. Acaso, más que a Madrid, a las calles que se hacían camino en *La de Bringas, Fortunata y Jacinta, Miau*, las novelas de Torquemada; esa Madrid de calles vetustas y paredones maculados.

Uno y otro, Jorge Amado y Benito Pérez Galdós, colocan la ciudad en el centro del conflicto novelesco, de manera que los avatares de los personajes no se conciben fuera de ella. Una Bahía más parecida a Africa que a América, puesta en evidencia por un Jorge Amado promotor de la magia. Una Madrid chismosilla y aldeana, puesta en evidencia por un Benito Pérez Galdós de perpetuo adosado a la realidad.

Tempranamente, cuando mi vocación apenas si era el balbuceo de un muchachón del caserío Antonio Roig, en Humacao, ciudad oriental de Puerto Rico, desinformado y mal formado, dueño de una vida que apenas sabía hacia dónde iba a encarrilarse, uno de ellos me dio una lección formidable. Más allá de escenografía, más allá de lugar de la acción, más allá de recinto histórico, la ciudad cumple la misión del ojo de las tormentas personales. El otro, más tardíamente, cuando mi vocación letrada empezaba a echar sus bases, me dio otra lección inolvidable. Todos los colores le sirven a la sensualidad, hasta el burlado color local; ese color local que en la novelística de Jorge Amado, por efecto de su ilustre paleta, asciende a color universal, a color primer mundista.

Escribo, también, para recuperar las lejanas vivencias de la persona cuya presencia en la tierra la reconoce el Registro Demográfico bajo dos apellidos y dos nombres, Luis Rafael Sánchez Ortiz, hijo de Luis Sánchez Cruz y Agueda Ortiz Tirado, panadero el padre, bordadora en el bazar de Josefina Reyes la madre. Cuando la familia, que completaban Elba Ivelisse Sánchez Ortiz y Néstor Manuel Sánchez Ortiz, se mudó a San Juan, cuando arriesgó su caudal de ilusiones en el ilusional que se ensambló en las sabanas enfangadas de Puerto Nuevo y Caparra Terrace, mi padre pasó a ser policía insular y mi madre pasó a ser empleada en una fábrica de zapatos baratos llamada *Utrilón*.

Los que viven por sus manos y los ricos

Cuando retomo los nombres de mis padres retomo la clase social que me origina. Una clase social que en el caserío subsidiado por el gobierno tuvo su anclaje inicial, una clase cuya certidumbre más legítima era la pobreza.

Entonces, sin que la afirmación se equivoque con los suspiros reaccionarios de la nostalgia, Puerto Rico era pobre de otra manera. Entonces, de la instrucción con miras al diploma se encargaba la escuela y de la educación restante se encargaba el hogar. Tres nortes guiaban aquella educación hogareña, tres nortes resumibles en tres letanías repetidas, mañana, tarde y noche. Porque, justamente, a la repetición se le atribuía un valor pedagógico.

Pobre pero decente.
Pobre pero honrado.
Pobre pero limpio.

La pobreza se aceptaba como un hecho alejado de la política, como un acontecimiento inmodificable a no ser por la vía del trabajo arduo. La pobreza se confrontaba como un desafío individual. De ahí la imperiosidad de la conjunción adversativa. La decencia, la honradez, la limpieza, elevadas a señas morales o virtudes a ser desplegadas por los pobres en toda ocasión y lugar, no estaban sujetas a la transigencia. De los ricos no había por qué esperar que fueran decentes, honrados o limpios porque los ricos contaban entre sus incontables lujos el poder vivir de espaldas a la opinión. Para eso eran ricos. Para poder ser y hacer lo que les daba la gana, cuando le viniera la gana, como les viniera la gana.

Esos códigos rígidos educaron a la inmensa mayoría del país puertorriqueño hasta antier. Después, cuando la pobreza empezó a apropiarse de los valores y los rencores de la clase media, cuando la pobreza a la antigua empezaron a difuminarla las hipotecas bancarias y el prestamito para ir a esquiar a Vermont y a Colorado, cuando el progreso estalló en la cara del país como si fuera una bomba de demoledora potencia, aquellos códigos rígidos dejaron de observarse. Hasta el lamentable extremo de que la pobreza desaseada se convirtió en otro aprovechado disfraz de la pequeña burguesía—el mahón deshilachado pero de marca *Levis*, el jean roto en las rodillas pero de marca *Pepe*. Hasta el amargo extremo de que la pobreza fue atendida como otra de las posibilidades de la estética.

COLOFÓN

Sin que resulte dogmático uno puede suscribir la vieja idea de que en toda obra literaria hay biografía, que la persona del autor asoma, ya de manera principal o secundaria, ya ubicua o frontalmente. Los puertorriqueños tenemos, como apeaderos notables de nuestra identidad colectiva, el son, el mestizaje y la errancia. La nuestra ha sido, destacadamente, una cultura callejera, una cultura del vocerío y la estridencia. Mi obra no quiere hacer otra cosa que biografiar, más que mi persona, mi país. Mas, no el plácido que halla su deformación en la postal que lo promociona como una paraíso sin serpiente. El otro país me interesa a la hora de literaturizar. El caótico, el despedazado, el hostil.

Mientras afilo las líneas de cierre me doy cuenta que escribo, en fin, para confirmar la vida como un tejido de bruscas y desapacibles textualidades.

Un bardo ilustre, cuya poesía más acendrada se trasvasa en la forma del bolero, reclama en uno de sus trabajos más difundidos, un aplauso al placer y al amor. Para eso también escribo. Para aplaudir las grandes avenidas del placer, para hacerle terreno a las grandes ilusiones del amor. Decía Elías Cannetti, el inmenso escritor búlgaro, *Todo se nos puede perdonar menos el no atrevernos a ser felices.* También para eso escribo, para atreverme a ser un poco feliz.

El corazón del misterio

No conozco otro clamor, más desgarrado, a propósito del acto de escribir, que el que esclarece la tumba del dramaturgo noruego Enrique Ibsen: *Martillo, condúceme al corazón del misterio.* Epitafio, ars poética, advertencia o hasta correctivo para quienes se confían a los chubascos ocasionales de la inspiración, dicho clamor confirma la preciosa dificultad del escribir. Y confirma la obligación del borrar furioso e insatisfecho, el borrar que practica la economía. Si se puede decir bien en media página decirlo en una es decirlo mal.

Dije preciosa dificultad como de paso, lo dije fácilmente. Pude haber dicho la arrogante, la fatigosa, la amarga dificultad de escribir, de ordenar el lugar sin límites de la imaginación a puro esfuerzo de palabra. Inapresable como el agua entre la manos, dudosa cuando se la desea certera, fugitiva como la culebra en la maleza, así se comporta la palabra.

Una extraordinaria temeridad viene a ser, entonces, la dedicación a un hacer que se proclama, suficiente y libre, como la literatura con un material, insuficiente y restringido, como la palabra. Una palabra cuyo manejo deberá superar la soltura y la destreza y lograr la brillantez y la sugerencia plural. No obstante, la temeridad de escribir lleva a maldecir las palabras, a cuestionar su limitación, a protestar por la inseguridad que causan. Estas por dúplices, aquellas por promiscuas.

Intelijencia, dame el nombre exacto de las cosas, suplica Juan Ramón Jiménez en un alarde de impotencia y honestidad. Y en su ensayo perspicuo sobre el poder negro el trinitario Naipaul argumenta cómo las palabras pueden equivocar los acontecimientos, desproporcionarlos, propiciar su sobrestimación. Pablo Neruda homenajea el diccionario en una "Oda elemental" nada elemental. La misma exalta la belleza secreta de la alfabetización y celebra que, entre una y otra palabra, se atacuñe una de poco uso, la que *suena* y *sabe* a fruta apetitosa, por ejemplo. Y un escritor excepcional, el de mayor presencia y voluntad contestataria de la literatura francesa del siglo veinte, titula *Las palabras* la primera entrega de su autobiografía; la primera y la única. Más que el asentimiento a la vocación que lo esclaviza, más que el merodeo por una infancia letrada hasta el desvarío, más que la aceptación de la fealdad como el hecho supremo de su cuerpo, el asunto que centra el libro es el trato con las palabras. Un trato que tiene por desafío, por una caza de suprema altanería, por un ejercicio de discreción y discrimen.

He aquí la cuestión

Pero, ¿se facilita la tarea de conocer las palabras, instrumentarlas? Tras conocerlas, ¿se puede crear con ellas un mundo solvente, un mundo legítimo, formalizar una sólida *construcción verbal* como llama Mario Vargas Llosa a la obra literaria? ¿Bastará memorizar el diccionario desde *aarónico* hasta *zuzón* y pasear por las transcripciones de etimologías árabes, hebreas y otras lenguas del Oriente para escribir con brillantez, virtuosismo y sugerencia plural? Una impertinencia lleva a la otra: ¿cuántas palabras se guarecen en una palabra?

Bernarda Alba exige *silencio* durante su primera intervención en el famoso drama lorquiano; una exigencia asistida por los modos imperiales que la unidimensionan —los gestos manuales de la implacable dominatriz, los ojos vueltos al cielo tenido como coto privado. *Silencio* exige, también, durante su intervención final. Entre esos dos reclamos fulminantes transcurre la acción: una trabada coreografía de silencios contrapuestos a lo escueto de las palabras. Que se susurran porque las habita la desconfianza —el susurro le es infiel al silencio y a la palabra por igual. Sin embargo, cada emisión de la palabra *silencio*, por parte de Bernarda Alba, conlleva una emoción distinta, un nuevo acto semántico. La exhibición y el alarde de un poder absoluto durante la primera intervención. El llamado a la simulación y la complicidad durante la segunda intervención. De manera que la palabra *silencio* deja de ser una a pesar de la apariencia.

En *Home*, la notable pieza teatral del inglés David Storey, un personaje repite cincuenta y cuatro veces la palabra *yes*, como reacción a la cháchara con que lo avasalla el interlocutor. La repetición propone cincuenta y cuatro contenidos diversos para *yes*, cincuenta y cuatro diferentes palabras impedidas de una forma y un destino propios, cincuenta y cuatro palabras canibalizadas por una intimidante palabra de tres letras.

Escribir, entonces, significa algo más que jurarle lealtad al lápiz, la navajita que lo afila, el sacapuntas, la computadora, la grabadora —hay quien oraliza los textos como si fuera un ensalmador, hay quien graba las palabras. Escribir significa mucho más que combatir el vértigo que produce la página en blanco —la *flawless blank page* que encomia el poeta Pedro Pietri en un *flawless untitled poem;* significa mucho más que invadir la página en blanco y poblarla, más que insatisfacerse y borrar.

Escribir significa apropiarse de cuanta palabra respira. La garantizada de eterna y la que entra y sale del idioma como huéspeda fortuita. Escribir virtualiza la invocación del nombre exacto e inexacto de las cosas. Escribir supone, además, encontrar las palabras donde no se las buscó —en el veneno que disimula una caricia, en la hermosura afeada por la estupidez, en la fidelidad rota, en los jugueteos de una erección. Escribir significa confrontar las palabras, oírles la furia y el sonido, desenmascararlas y enmascararlas. Por encima de todo, escribir significa ver las palabras, entreverlas, entrevistarlas.

El gran poeta tiene la palabra

En un poema formidable de ese poeta, a toda hora formidable, que se llama Luis Palés Matos, hay un verso que ejemplariza el ver supremo, el ver continuado, el ver que traspasa la realidad. ¿Debo escribir que hablo del ver poético? Dice Luis Palés Matos, con una diáfana pesadumbre, "Roto de sed el pájaro." El verso pertenece a un poema, reposadamente autobiográfico, que explora la aridez del sur y la taciturnidad que aureola al hombre de allí—*Topografía*. Palés Matos no se contenta con el ver que opera como clic fotográfico y a través del cual el pájaro roto de sed traduce, estrictamente, una figuración de dolor y precariedad. Poeta de poetas, Palés Matos ve las palabras como un desprendimiento de anudadas significaciones: la desolación paisajística, el calor que tulle el ánimo, el instinto acorralado por una naturaleza hostil, las vidas vividas en los traspatios de la posibilidad, el cansancio en el alma. Y la sugestión de dichas anudadas significaciones las consecuencia el visto, el mirado y el remirado pájaro roto de sed que atraviesa el salitral blanquecino —un dilatado recinto donde acaece su carencia.

También la palabra escuchada se ajusta y se poda hasta que se asienta en la grafía. También oír las palabras, seleccionarlas por el peso y la tributación auditiva, ubicarlas en el tramo de la oración donde lucen mejor, remite a la labor del martilleo. Escribir significa suscitar la carencia de las palabras. Las palabras que *comen el cerebro* con las tonalidades de la dulzura y las palabras estarcidas por el *hablar estrujao*. Las palabras reputadas de bonitas como *náyade* y las palabras reputadas de feas como *sobaco*. Escribir, pues, invita a depositar, en una cuenta personalísima de ahorro, las miles de palabras que se escuchan a diario; invita a distinguirles la socarronería, el doble sentido, los triples matices, las

calideces y las sandeces que las escoltan, las since-
ridades y las hipocresías. Por extensión, escribir
invita hasta a *soñar con un poema que sólo exista en
la voz de quien lo dice* como lo sueña el poeta Jaime
Gil de Biedma.

El maestro brasileño Guimarães Rosa, instituyente
de una prosa cantable y magna, suscribe un cuento
estupendo en que el personaje principal alza la
guardia cuando lo califican, en público, de
morigerado. Por sabrá Dios cuál asociación la palabra le suena a insulto como a Pablo Neruda le *suena*
y le *sabe* a fruta la palabra que parece sabrosa, *lisa
como una almendra* y la palabra *tierna como un
higo*.

Por quién suenan las palabras

Escribo *sonar* a conciencia. Las palabras jamás
repiten el sonido aunque las emita el mismo hablante.
Y en determinado enfrentamiento oral pueden negar
aquello que, originariamente, definían. Tales cam-
bios semánticos, efectuados por la pronunciación, se
convierten en problema en cuanto el escritor opta
por el efectismo coloquial. A veces ocurre que el
traslado avería el efecto coloquial. Sin que se sepa
por qué la palabra que fuera vivaracha y fulgurante,
cuando se la decía, palidece y se opaca cuando se la
escribe.

Problema de problemas, todo es problema, puesto
que oír y ver no son más que actividades auxiliares
del escribir, ejercicios de calentamiento y agilización.
Como son ejercicios de calentamiento y agilización

las cinco posiciones básicas del ballet, las reiteradas vocalizaciones de los cantantes operísticos, los frenéticos arpegios de los concertinos y las prácticas sudorosas del corredor fondista. Lo visto, lo oído, lo que se imprime sin filtrar o desbrozar, hace documento social estremecedor como *La vida* y *Los hijos de Sánchez* de Oscar Lewis. Pero, cierta y felizmente, no hace literatura.

Una vez que el escritor ve y oye, recopila y transcribe las palabras, procede a filtrarlas, a desbrozarlas, para entonces integrarlas a la obra, lugar donde las palabras se ayudan unas a otras como apoyos, como imanes, como estaciones reverberantes, como polos de oposición. ¡Si hasta la resistencia al ritmo saliente en la escritura lo consigue la pronunciación saliente de dicha resistencia! Piénsese en la *escritura distraída* de Marguerite Duras y el laconismo narrativo de Juan Rulfo, piénsese en el relato *El amante* y en el volumen de cuentos *El llano en llamas* —dos grandes muestras de unos rítmicos deslices por la arritmia.

Orfebre a perpetuidad, orfebre que ductiliza la palabra, orfebre que se niega a dar gato por libro, el escritor ordena el ritmo cuando lo desordena.

Nimia Vicéns, una de las subestimadas ilustres de la lírica puertorriqueña, escribió unos versos que no olvido: *Para nombrarte, yo quisiera crear una palabra, una sola palabra.* Y el poema, "Tendril," se va haciendo mientras se echa de menos esa palabra hechizada, esa palabra sin nombre, esa palabra omnipresente en todas las estancias e instancias del amor maternal; mientras se aspira a crear esa palabra imposible.

Resumidamente, escribir no es más que crear las palabras, una a una. Crueles en su indisposición, ásperas como la madera que no conoció la lija ni el aserradero, inapresables como el agua entre las manos, fugitivas como la culebra en la maleza, implacables como los epitafios, tornadizas como las hojas del yagrumo, así se comportan las palabras. Mas, para consuelo de aquellos empeñados en la preciosa dificultad del escribir, hijas registradas del martillo que trabaja y afana mientras conduce al corazón del misterio.

El pavor a los contemporáneos

Un personaje de Valle Inclán, jovial como un trasgo, irónico como un ateniense, el poeta Dorio de Gádex de *Luces de bohemia*, contesta, con la altivez del necio, a la pregunta sobre la obra de un escritor de sus mismos días—*Yo no leo a mis contemporáneos.* Mediante esa respuesta intransigente, Valle Inclán satiriza un gesto que cultiva, con demasiada frecuencia, la fauna literaria. Una fauna, mayoritariamente, cicatera en el reconocimiento y dispendiosa en la objeción, tendenciosa a negar la solvencia ajena y afirmar la propia. Una fauna que se refugia en el silencio y la indiferencia cuando quiere agredir. Una fauna que se emplea en todas las formas posibles del descrédito cuando el trabajo cualitativo de un fáunico mal querido dificulta el silencio y la indiferencia. Blancos preferidos del apuñalamiento letrado son: el escritor a quien se tacha de *reaccionario*— el que prefiere la propia bizquera a la ceguera oficial; el escritor a quien se le acusa de *degeneración*—subterfugio con que llevar la homosexualidad a los tribunales donde juzgan las lenguas

de fuego; el escritor *mercantilizado*— aquel saludado con el piropo de ramera de las editoriales y las
librerías porque su obra se procura con interés y se
lee con gusto.

Pícaros de ahora y de enantes

Dorio de Gádex, además de cultivar la frase que
rutila y la labia arrolladora, despilfarra su *charm*
innegable en los tiros de corto alcance— la salida
feliz, la respuesta punzante, la ironía manejada como
florete, la picardía expresada de muchas maneras.
Sin embargo, la negativa ufana a dar lectura a los
contemporáneos deja traslucir, aparte de su otro yo
nada encantador, el encono por la obra que sobrevive mientras se esfuman la frase rutilante, la labia
arrolladora, las salidas felices, el humo del cigarrillo
o el habano, el bronco sabor del güisqui. Ingenioso
y calculador, vanilocuo y habilucho, el poeta Dorio
de Gádex empaqueta, amarra y vende, como si fuera
oro de veinticuatro quilates, el rencor por la obra
realizada mientras él se multiplica en el chisme, se
eteriza en la gracia y se corrompe en la copa. Mientras él, en resumen, se desperdicia.

Doblemente, se desperdicia.

Desentenderse de los contemporáneos equivale a
desentenderse de la propia vida, a enflaquecerla y
desasistirla, a regatearle la tajada suculenta de can-
dente actualidad que le corresponde. Desentenderse
de los contemporáneos equivale, entonces, a desco-
nocerse. Pues no hay una sola persona sobre la faz de
la tierra que sea una sola persona.

A novelizar tal contradicción se aplica el chileno Eduardo Barrios en *Los hombres del hombre*, un poético vagabundeo por una sique laberíntica y plural. Sí, somos mejores personas, podemos aspirar a ser mejores personas, si aprendemos a vernos, con equidad y con firmeza. A nosotros, a los otros que somos sin saberlo y a los otros que sabemos que no somos.

En la temprana denuncia del agrietamiento moral que, esparcido como un cáncer, iba a echar por tierra la estructura socio-económica del imperio español, no radica la pertinencia ni la vigencia del *Lazarillo*. Donde sí se figura su contemporaneidad inexpirable es en la amarga protesta por la general falta de introspección; la introspección posibilitadora del conocimiento de uno mismo— *Cuántos debe haber en el mundo que huyen de otros porque no se ven a sí mismos*—reflexiona Lázaro. Tan poco, tan superficialmente nos vemos que despachamos nuestros defectos con una crítica considerada mientras que enjuiciamos los ajenos con una crítica inclemente.

El menos espinoso de los caminos conducentes al conocimiento propio y ajeno tiene un eficaz punto de partida en el libro. Cualquiera, el libro antiguo o moderno, el contemporáneo o el acabado de dar a la luz pública. Naturalmente, cuando se privilegia el libro contemporáneo, el libro acabado de parir, se privilegia, de paso, el estado presente de la imaginación, esa república sin territorio ni fronteras, hecha a la medida y el requerimiento de cada quien. La lectura, pues, multiplica su utilidad al hacerse inventario y radiografía, visa de entrada a una verdad hecha de sueño, permiso de residencia en la geografía donde los prodigios se apalabran.

En un tomo que casamenta, despretenciosamente, la biografía y la bibliografía, *De Gide a Sartre*, el crítico y académico francés André Maurois concluye: *La función del autor es construir un edificio; la del lector, ocuparlo.* La ocupación del libro le impone al lector una laboriosa responsabilidad. O bien admira la hechura del edificio o bien lo rehace. O se convierte en un obsesionado *mirón furtivo,* como llama Robbe-Grillet al personaje de su novela homónima, una variante en clave de ficción de la orteguiana mirada que se escurre por el ojo de la cerradura. O se convierte en el *lector macho* que, en vez de rondarlo, se adentra en el texto con el corazón por mapa y el viril por brújula como sostiene Julio Cortázar. Ambas maneras de ocupar el edificio, ambas maneras de leer, potencian una insuperable experiencia. La de calar los solaces y las sombras en que transcurre la vida humana; solaces y sombras que, tristemente, se vuelven intercambiables cuando la edad sesga hacia el tramo que Marguerite Yourcenar denomina, con una trágica elocuencia, *de la derrota aceptada.*

Desde el retrato con palabras que constituye todo libro el lector calibra los funestos entrampamientos que aguardan a algunas vidas y las reidoras liberaciones que aguardan a otras. Las secuelas de los entrampamientos y las liberaciones, también, desfilan para aviso y lección al lector; las supercherías y las incoherencias, las fatigas y las costuras gordas que traducen, con parecidos ahíncos y parecidas majestades, la comedia humana y la divina comedia.

Apropiadamente, la vida que apresa el libro puede llegar a semejar la vida con que el lector sueña, una vida a todo color, discurriente entre la voluptuosidad y sus ecos. Como la música de voluptuosidad mercurial que compone *El amor en los tiempos del cólera,* suprema novela del amor por entregas donde la vocación perficiente de Gabriel García Márquez alcanza una altísima cuota de embriagadora genialidad.

Si bien toda la obra de García Márquez levanta el vuelo con un idioma español hecho de los más inusuales colores, la luminosidad que destella por cada oración de *El amor en los tiempos de cólera* no tiene precedencia. ¿Será porque Cartagena de Indias, lugar donde transcurre la misma, se erige como el reino de las claridades puras? ¿Será porque el amor desafiador de los límites aviva una hoguera de fe que aluza cuanto toca? ¿Será que Gabriel García Márquez robó, a la propia luz, el secreto de escribir con la luz?

Contradictoriamente, la vida que el libro apresa puede parecerse, demasiado, a la vida gris de la que huye el lector; un gris que, contra un parecido fondo de escasas consecuencias, transcribe ese poeta de los celajes que se llama Konstantino Kavafis.

Evasión y retraimiento, ajenación y ensimismamiento, celebración y duelo, empatía y coincidencia: no hay cifra que aprese el número de emociones que porta la obra literaria, suficientes como para satisfacer los más disímiles lectores. Si la inmersión de Flaubert en las entrañas, sin sosegar, de su personaje supremo la sintetiza el aserto *Emma Bovary soy yo*, la inmersión del lector en las entrañas de aquella que sea su novela emblemática lo autoriza a pregonar—*Don Quijote soy yo, Juan Preciado soy yo, Julián Sorel soy yo, Pirulo soy yo.*

Naturalmente, Flaubert es nuestro contemporáneo, nuestro cómplice de desafíos, nuestro Padre y Maestro Mágico de la Contemporaneidad, como lo son Quevedo y Shakespeare, Goethe y Cervantes, Molière y Pérez Galdós. Lo son por desatadores implacables de las zozobras que contaminan cuanta persona se nombra, por visionarios que legitiman los sabores y los sinsabores humanos, por hacedores indisputables de aquellas verdades eternas que rimó otro contemporáneo nuestro, Jorge Manrique.

Pero, a deslindar.

Habitantes de las inofensivas distancias, afincados como prósperos emigrantes en los verdes campos del edén, Manrique y Pérez Galdós, Molière y Cervantes, Goethe y Shakespeare, Quevedo y los otros del mismo linaje, son unos contemporáneos especialísimos a los que Dorio de Gádex no tendría empacho en leer; unos contemporáneos sellados con el fíat de clásicos; a salvo, por tanto, del rencor y la animosidad que despiertan aquellos contemporáneos diferentes, vecinos suyos en el tiempo y el espacio.

Es decir, los contemporáneos sospechosos porque se encarcelan en el sudor y las lágrimas fabricantes del párrafo y sopesantes del verso. Es decir, los contemporáneos intratables porque se niegan a las excusas y las coartadas. Es decir, los contemporáneos que ejercitan la libertad a que conduce la disciplina.

Comunica el palco, también, con los países que integran el país natal, con la carta de navegación que portan los libros que se aventuran en las geografías apenas visitadas del mismo. Un país desconocido, dentro del país puertorriqueño, lo conquista y lo coloniza Carlos Varo en la admirable *Rosa Mystica,* una novela estructurada en tres misterios que divierten, sorprenden y hechizan con la amplitud del registro expresivo y la sazón delirante. Los retumbos de una carnalidad homosexualizante y una carnalidad bujarronil desbordan las peripecias y contaminan los sucesivos lenguajes de esta superior opera prima. Un país, mal conocido, dentro del país puertorriqueño es el que visita, nuevamente, Edgardo Sanabria Santaliz en su libro, *Cierta inevitable muerte.* Sanabria Santaliz, el autor con la voz menos endeudada de su promoción, opta por la tonalidad sobria y el lenguaje crispado como recursos para asediar la moral de la clase media. La sobriedad y la crispación, plasmadas como una sola entidad temperamental, consiguen cinco relatos de peripecia compleja y decir maduro que suman un libro de todas maneras excelente. Un país puertorriqueño inesperado cobra cuerpo en los maduros relatos que firma Diego Deni, dispersos por revistas y por antologías. Si como dice T.S. Elliot las palabras del año pasado corresponden al año pasado y las del año que viene esperan otra voz, entonces, las palabras que corresponden al año que viene encontraron una voz bien impostada en la escritura de Diego Deni. Tanto *Miopía,* como *Emma de Montcaris*, dos ficciones de una rareza montada sobre la metáfora expresionista y la fuerza de la uniadjetivación— *puertas crueles, efigie lisa como el ónice, desaforada casquivanía*, son recomendables accesos a una literatura que comienza a hallar un estilo exitoso en la forma que persigue.

TODAS LAS IGLESIAS LA IGLESIA

Además, comunica el palco con la vida remota, la vida que está en otra parte, como lo enuncia el checoslovaco Milán Kundera en el título eficaz de su aplaudida novela; la vida que se evoca desde la nostalgia o se redime desde la esperanza; la vida que el estado quiso unidimensionar.

Una sucesión de peripecias que restauran los síncopes humorísticos que difundió el cine mudo sirve a Kundera, tanto en la novela aludida como en sus textos posteriores, *El libro de los amores ridículos* y *La insoportable levedad del ser*, a relatar el descontento con la ideología que decreta la felicidad y la distribuye en equitativas bofetadas. Idcología beata y excomulgante, retrógada en su mesianismo estatal de nuevo cuño; ideología de la que huye Milán Kundera y que retoma en el exilio para examinarla, con tiento y ludicidad, con el sarcasmo que merecen los flamantes estafadores de la Izquierda.

Reclama, también, que la vida está en otra parte, el dispositivo temático de *La casa de los espíritus* y *De amor y de sombras* de Isabel Allende; fuera del Chile que Henry Kissinger y la Agencia Central de Inteligencia pinochetizaron; fuera de la perpetuidad en el poder del gorilón de don Augusto; fuera del Chile confiscado por la derecha montaraz y su ideología beata y excomulgante, retrógrada en su mesianismo estatal de nuevo cuño; ideología de la que huye Isabel Allende para retomarla desde el exilio y examinarla con tiento y ludicidad, con el sarcasmo que merecen los flamantes estafadores de la Derecha.

Persecuciones y fugas, persecuciones y cárceles, persecuciones y muertes, desgastadores exilios exteriores, desgastadores exilios interiores: una aterradora biografía de la intolerancia se reescribe en la literatura estos días, una crónica denunciaria de los sistemas que canonizan a quienes asienten y diabolizan a quienes disienten; sistemas que, si bien opuestos en la apariencia, persiguen, castigan y marginan con una impecable simetría.

La disidencia política facilita las supresiones fulminantes. El político iracundo, el político absolutista, el político siniestro, pone en operación el mecanismo de los confinamientos perpetuos o el despojo de la identidad nacional. El mecanismo le permite a la dirigencia soviética desterrar a Alexander Solzhenitsyn tras éste publicar *Archipiélago Gulag*. Más aún, el político iracundo, el político absolutista, el político siniestro, puede recetar la medicina de la tumba sin nombre a los obreros y los estudiantes que desagradan por su conciencia agitada, a los escritores agitadores de conciencias.

La política, esa incomparable abreviatura de la oportunidad y el oportunismo, tiene un porciento subido de lujuria, una cuya copiosa eyaculación, si bien seca, resulta del poder sin compartir, del poder irrestricto. Como las eyaculaciones del poder habilitan sus propios conductos, en el gran *derby* de la política participan, junto a los potros que aún no han mudado los dientes de leche y los caballos hechos y derechos, los chongos pativirados y ojituertos, los chongos fósiles.

Pero, a cuidarse de las apariencias.

En la persona del chongo fósil, del chongo incapaz del sexo rico en proteínas y humedades, el continente hispanoamericano encuentra, docenas de veces, el caudillo matusalénico al que domina la lujuria del poder sin que obsten el cansancio de la edad, los signos del deterioro intelectual y la patética desconexión con la sensibilidad del presente. Más que a la jubilación o al retiro el caudillo matusalénico se acoge al desfase.

Perón el Pelipintado, Perón el Deteriorado, Perón el Desconcertado, centra las páginas del magnífico texto *La novela de Perón* de Tomás Eloy Martínez, Perón En La Reconciliación Traumática Con Su Santidad Laica. La afirmación es cierta a medias. El interés alterno de *La novela de Perón* radica en la oblicua sugestión del poder como un alborozo carnal, como una erección discreta, parecida a la que muestran, entre el susto y la dicha vergonzante, los adolescentes italianos según se narra en *La primave-*

ra romana de la señora Stone, única novela que escribiera Tennesee Williams.

En política todo es cuestión de comía, dijo el recordado filósofo puertorriqueño, Joaquín Becerril. En lujuria todo es cuestión de cantidad, sugiere el recordable escritor norteamericano, John Rechy, autor de la novela *Numbers*, que lleva la cuenta detallada de las insinuaciones veladas, las solicitudes frontales y los acosos procaces que experimenta el protagonista en los parques de California que operan, día y noche, como medinas donde se negocia el sexo.

La preferencia homosexual instala sus medinas en los parques, argumenta John Rechy. La circunstancia homosexual se propicia en las cárceles, argumenta Manuel Puig.

Previo a consentirse la posesión anal de la loca Molinita, el revolucionario Valentín se había consentido el análisis de la realidad con el marxismo como empañada bola de cristal. *El beso de la mujer araña* ha quedado como el *opus* óptimo de Manuel Puig, autor de una literatura superior que se modela en una literatura inferior— el folletín epistolar, la novela color de rosa virgíneo. La falsa superficialidad de los diálogos, los monólogos que borda una loca más locuaz que Scherezada, las sutilezas idiomáticas que llevan a confundir la política con la lujuria, valen al lector como señales para transitar por los senderos de un deseo excluido de la norma.

La vida mirada desde el palco a que se presta todo libro puede obligar a volver los ojos a un divertimiento, de primer orden, como el *Elogio de la madrastra* de Mario Vargas Llosa, apología de los placeres que, con deleznables ignorancia y santurronería, se tachan de placeres físicos. Brevísima en el número de páginas y amplísima en el entusiasmo que despierta, la novela *Elogio de la madrastra* es un logro de invención fresca y reflexión. Sobre todo, es un recordatorio oportuno de que no existen tales grandes temas preservados en el refrigerador secular a que el escritor acude, genuflexo y servil. Hay, sí, grandes escritores, capaces de leer la escritura enmarañada y descompuesta de la realidad con la misma habilidad que la fácil y asentada en los signos inequívocos.

Lo inequívoco, lo monstruoso

Aunque habría que preguntar, seguidamente, si es posible sostener la categoría de lo inequívoco sin que el pudor parpadee. Las páginas sin precedente de la novela de Toni Morrison, *Beloved*, contrarían el amor maternal inequívoco: una madre decide asesinar la hija para salvarla de la esclavitud. Heredera de la impaciencia que señorea por la prosa y el teatro de James Baldwin, el Baldwin grande de *Another country, The fire next time* y *Blues for Mister Charlie,* en la novela de Toni Morrison se reivindica la raza negra con una limpieza racional y furiosa. Por ella y con ella nos dolemos de su gente valiosa, su gente valiente. Por ella y con ella nos repugna la idea de la supremacía blanca que circula como una fe en su país.

Por otra parte, ¿es inequívoca la monstruosidad? En una novela reciente, *El perfume*, de Patrick Suskind, se confunden la monstruosidad y la genialidad, se equivocan la fascinación y el estupor. La quisquillosidad olfativa del personaje central, Jean Baptiste Grenouille, su sobrenatural capacidad para almacenar olores, hedores, perfumes y liberarlos a voluntad, lo dota de un invisible atractivo que riñe con la fealdad horrorosa de su persona de carne y hueso. *El Mozart de los olores*, como lo llamó, burla burlando, un crítico español, es una encarnación literaria novedosa de la inequivocación aparente, de la inequivocación dudosa. Nada, en fin, merece tenerse por absoluto.

CERRANDO EL CÍRCULO

Un personaje de Valle Inclán, jovial como un trasgo, irónico como un ateniense, el poeta Dorio de Gádex de *Luces de bohemia*, contesta, con la altivez del necio, a la pregunta sobre la obra de un escritor de sus mismos días —*Yo no leo a mis contemporáneos.* La respuesta transige con la forma sublime de la estupidez, con la arrogancia. Sobre todo, la respuesta denuncia el padecimiento de una miseria peor que la arrogancia, la miseria alarmante de desconocer que cada quien se completa en el otro, en lo otro. Necesario se hace repetir que uno solo es el hombre, una sola la imaginación, uno solo el llanto, una sola la intrepidez que hace más sabia la ciencia, más luminosa la poesía. Necesario se hace reiterar que una sola es la aventura de todos los hombres sobre la tierra, uno solo el logro, una sola la condición. Humana condición que prospera cuantas veces la batalla con el ángel resulta en un estremecido y ordenado montón de palabras que a todos redescubre, a todos reforma, a todos liberta.

Reencuentro con un texto propio

Por una incomodidad que podrían explicarla el pudor y la tensión no volví a leer *La guaracha del Macho Camacho* hasta que su traductor al inglés, Gregory Rabassa, me encareció que lo hiciera. Se trataba de ayudarlo a cotejar unos matices, proponerle unas alternativas fónicas, especificarle unas intenciones en el apartado del juego verbal y ayudarlo a traslucir las referencias teñidas con el color local, más vehemente. Aún así, la vuelta al texto, cinco años después de publicarse en Buenos Aires, no dejaba de fastidiarme en tanto que interrumpía la redacción de una novela, *Ritos clandestinos,* que ensayaba un estilo reticente, distanciado de la estridencia y la exuberancia que dotó a *La guaracha del Macho Camacho* de su carta de naturaleza. La relectura prenunciaba una ansiedad a la que no me quería exponer.

¿Ansiedad y nada más?

Sabemos, por la experiencia personal o el relato ajeno, la sorpresa que provoca el encuentro con una pasión que se daba por disuelta en el olvido, una pasión turbadora y fulminante, como la agonía de los peces fuera del agua. Sabemos, por la experiencia personal o la confesión ajena, que las pasiones demandan y desmandan.

LA CARNE VIVA DE LA PASIÓN

Hay pasiones que rehúsan los límites. La fe extasiada, la hazaña del saber, la vida como empresa creativa, se cuentan entre ellas. El nombre de Dios no abastece la hambre de divinidad que padece San Juan de la Cruz, otro alimento quiere, quiere la mismidad de Dios. Sin programación ni cartilla Sor Juana Inés de la Cruz defiende su obstinada cruzada a favor del saber —*¿En perseguirme, mundo, qué interesas? / ¿En qué te ofendo cuando sólo intento / poner bellezas en mi entendimiento / y no mi entendimiento en las bellezas?* La creatividad monstruosa absuelve a Picasso de la vejez. Su obra acumula más épocas que un siglo y elucida que la fuente de la juventud emana del trabajo complacido.

Unas épocas recargan el vestido y otras lo aligeran, unas épocas atrasan el desnudo y otras lo adelantan. Sea ligero el vestido o recargado, sea presto o trabajoso el desvestirse, una pasión hila los siglos —el mando de la carne. Machista al discreto modo, picaflor atribulado, José Martí desmiente que la niña de Guatemala murió de frío y rectifica, contrito, parapetado tras la coartada redituable que le presta el romanticismo: *Yo sé que murió de amor.*

Cuando Don Juan sucumbe, Onán irrumpe. Entonces, hasta el fetiche de un cinturón, hasta el desvelo a que empuja el recuerdo de una mano, hasta el goce de un cuerpo en el lecho transitorio de la imaginación, sirven de trampolines al placer solitario. La literatura, madrina de la vida, lo divulga con precauciones y cautelas. La fábrica hormonal de Calisto la activa, a rendimiento completo, el cinturón de Melibea. El poeta Luis Urbina madrigaliza los estragos causados por una mano de nieve que tenía la apariencia de un lirio desmayado. Con Venecia, como estival celestina, la efebía sensual de Tazdio salva al Profesor Aschenbach de naufragar en el *closet*.

Cuando Onán insatisface se procuran otras satisfacciones. La literatura, imagen de la vida, lo reelabora, lo aprovecha. Zoofílicos, los cadetes de *La ciudad y los perros* fornican con una perra, con la Papeada. Con las tensiones propias del mirón el soldado Ellgee Williams, personaje de *Reflejos de un ojo dorado*, atisba el cuerpo dormido de Leonora. El homotransexual Manuel González Astica se disfraza de bailarina sevillana, que anima la funebridad de la fiesta, en *El lugar sin límites*.

¿Cuál sintomatología avisa el estallido de la pasión? El jamás estar en sí, la respiración entre desasosiegos, el encadenamiento de los sobresaltos, los desafíos a la razón, la impotencia para desapartarse de lo que se ama, lo que se desea.

Salta a la vista que la escritura tiene el mando intransigente de una pasión devoradora, por más que la superficialicen la fama y la rutilancia. Armar universos con palabras conlleva una eternidad de insatisfacción; una insatisfacción a la que impulsa la idea que nunca llega o la idea que llega y se descarta;

una insatisfacción que abona a la parálisis del creador o a la composición endeble —*Quiero escribir pero me sale espuma / Quiero decir muchísimo y me atollo*—profiere, herido por la invalidez, César Vallejo.

El reencuentro con la obra, ya impresa, turba y fulmina tanto como el escribirla. Y una pregunta sabotea la felicidad de tenerla entre las manos. ¿Valieron la pena el dolor y la fatiga?

RADIOGRAFÍA DE UNA DIFICULTAD

Como una horda de fantasmas se me echaron encima las musitaciones anteriores cuando releí, por estricto deber profesional y con actitud de opositor, *La guaracha del Macho Camacho*. La relectura tuvo mucho de voyeurismo. Hurgué en los pasajes que le valieron a los críticos para asediarla como parodia, como muestrario de guachafitas, como experimento lingüístico, como teatro novelado, como actualizada *crónica de un mundo enfermo*. La trampa, la aventura y la imprevisión se alternaron en la relectura. Que estuvo a punto de desaparecer bajo el peso dictatorial de las lecturas ajenas. A la trampa, la aventura y la imprevisión les siguieron el pesar, el desconcierto, el problema.

¿El problema?

Desde luego, el que un texto se someta a lecturas diferentes, antagónicas, no puede considerarse problemático. La vitalidad de la obra artística la explican las sugerencias que postula y los inmiscuires que suscita, la pluralidad de los sondeos que entraña.

Tres obras contemporáneas, con rango de clásicas, valen de pronta muestra.

Cien años de soledad puede leerse como una actualización de las chocantes crónicas de Indias, como una divagación del castigo ancestral de la soledad, como una fabulación surrealista a la manera de *Las mil y una noches* con la que tiene una poco aludida deuda. *Pedro Páramo* puede leerse como un poema en prosa, como una novela enrarecida por los hipidos de las ánimas, como un dietario de la opresión del caciquismo hispanoamericano. *La carreta* amerita leerse como un dramón que bucoliza la pureza, como un cantar palpitante sobre los estropeos de la modernidad, como una mirada sin paliar a los desastres de la emigración.

La oceanidad de algunas creaciones aconseja que el lector opte por una carta de navegación, que restrinja el manejo de las llaves, como bautiza Angel Rama los instrumentos de admisión que porta la misma obra. Como rastros dejados a conciencia, como flechas direccionales, como llaves obran el Vuesa Merced ante quien testimonia Lázaro, los relevos del pronombre singular en *La muerte de Artemio Cruz,* los monólogos con que Tom Winfield encara al público en *El zoológico de cristal*, los Elogios que preceden al *Quijote* —el soneto dialogado entre Babieca y Rocinante allana el camino para un novelar que transcurrirá entre las insidias de la ilusión y las compasiones de la risa.

El problema planteado por mi relectura, sin embargo, nada tenía que ver con las llaves o las interpretaciones ni la victimizaba la soberbia de emparentar las mías con otras páginas meridianas y perfectas. Detrás de una ilusión andaba, la ilusión de llegar a la prehistoria de la novela para mejor responder al pedido de Gregory Rabassa.

Visitemos un lugar común.

En ella misma reside el interés exclusivo de la obra. El biografismo y la contabilidad de las intenciones engordan su anecdotario periférico pero no la mejoran o empeoran. Algo más. Los *esfuerzos*, los *sacrificios*, los *desvelos* dan cuenta del bagaje moral del autor. Las *comodidades*, las *subvenciones*, la *cuchara de plata en la boca* dan cuenta de su ascendencia social. Pero, ni el bagaje moral ni el ascendente social influyen en la inteligencia intrínseca de la obra.

Desconstrucción de la guaracha

Como "baile parecido al zapateado" define *guaracha* el *Diccionario de la Real Academia Española de la Lengua* tras indicar los lugares donde la voz se usa, Cuba y Puerto Rico. Y *zapateado* lo define como "baile español que, a semejanza del antiguo canario, se ejecuta en compás ternario y gracioso zapateo." Quien ha visto bailar una guaracha sabe que la definición yerra. La guaracha conversa con las manos y compromete el movimiento del cuerpo todo. Y la gracia guarachera se pasea desde el zapato hasta la cabeza, aunque en la cintura y las caderas monte tribuna.

Sin presumir de guarachólogo listo unas guarachas, repicadas y salerosas, a cuyo son batí el esqueleto, tanto en las fiestitas sabatinas que organizaba mi tía Adelina en su residencia, sita en la calle Sol de la *Old San Juan*, como en los fiestones navideños que organizaban Arcadio Díaz y Alma Concepción en su residencia, sita en la calle Humacao de la *Old Río Piedras*. Parejas imposibles de olvidar, en aquellas fiestitas y aquellos fiestones, auténticas bailadoras de guaracha, de las de ritmo al punto, fueron Elba Ivelisse Sánchez y Aida Lois, Angela María Dávila y Rosario Ferré. El dios guarachador las bendiga, donde quiera que vayan.

¿Cuáles guarachas repicadas y salerosas recuerdo? *Borracho no vale, La vaca lechera, Ofelia la trigueñita, María Cristina me quiere gobernar, Se va el caimán, De dónde son los cantantes.* Otras como *La pulguita, Son de máquina, Quítate de la vía Perico, Tengo un chivo, La televisión pronto llegará, El maní, El mundo se está acabando,* ponían a retozar la jaibería y el placimiento jodedor de la humanidad que las cantaba, las bailaba o las escuchaba.

La apoteosis de la guaracha, tanto en el orden de la composición como de la interpretación, se centra en los mundos caribeños —los puertorriqueños Rafael Hernández y Myrta Silva, los cubanos Celia Cruz y Benny Moré guarachizan con escuela insuperable. Aunque, también, la bailan en Andalucía con gran remeneo de hombros y entre exclamaciones de *olé*. Y en el repertorio de alguna bailarina agitanada, por ejemplo la Chunga, se incluye una guaracha canónica, *El negro bembón*, de Bobby Capó.

Salero y jaibería. Placimiento jodedor y remeneo de hombros. Muestra de la dentadura y conversación con las manos. Asuntaje liviano y tendencia bufa. Secularidad plebeya. Y no porque el Caribe y Andalucía, con las Canarias en el medio, fueran plebe de cabo a rabo. Sí porque las clases oligarca y burguesa, en el ejercicio del modelo, se imponían un recreo remilgoso y encorsetado que no se avenía al sudor. Nada remilgosa, nada encorsetada, liberadora de los negocios y los cansancios que agotan a la plebe, antecedente de la ejercitación aeróbica, la guaracha se aviene al sudor a chorros, como se aviene al sudor el amor hecho como Dios manda.

Pero, reencontremos el texto.

SON, ESTRIBILLO Y REPUNTE

En el número especial sobre cultura puertorriqueña, que Mario Vargas Llosa organiza para la revista peruana *Amaru*, a principios de los años setenta, aparece mi cuento "La guaracha del Macho Camacho y otros sones calenturientos." En el mismo, atenuados por la brevedad obligatoria del género, pulsan los elementos estridentes y exuberantes que le dan a la novela su carta de naturaleza —el callejeo, la lumpenización, el mestizaje idiomático y político, el humor descarado y el ruido atrofiante. A pesar de todo ello el gozo vital prospera; un gozo y un calor humano, típicamente puertorriqueños.

La guaracha de mi *Guaracha* la compone un varón que se jacta de ser macho. Biológicamente, varón y macho equivalen. Temperamentalmente, varón y macho difieren. El varón asume su sexualidad, conversa. El macho se resume en su sexualidad, versa. Por jactancioso y versado, Macho se nombra el compositor y Camacho se apellida, así de cacofónico y remachador, así de guarachoso. Las consonancias del título, el comento ácido, el disparate verbal, rebajan las semánticas amargas de la novela. Pero, no las menoscaban. Tras las carcajadas que se socorren, en los mosaicos o los azulejos narrativos que diseñan la forma fragmentaria de la novela, avanzan las amarguras y las violencias. Las capitanea la lengua tautológica del narrador, calco calculado de las que practica el Disc-jockey, un personaje estático en medio de la alharaca. Pues *La guaracha del Macho Camacho* se constituye como una emisión radial que transforma al lector en un personaje llamado el Radio Escucha, el Oyente.

La fragmentación de la materia narrativa auspicia la violencia de la forma. El tapón automovilístico metaforiza la violencia del contenido. ¿Habrá violencia mayor que padecer la congestión en todos los órdenes y todas las direcciones? El avance de la trama, en contraste con la significativa parálisis de los personajes, reitera la violencia. Una violencia que halla la flexión en el desempleo espiritual de los personajes, la falta de un proyecto social redentor, la vida asumida como un oprobio, los prejuicios de clase y raza instalados en un marco de delirante, de chabacano festejo.

Sólo una palabra fuerte comunica dichos rencores y dichas vaciedades, sólo una palabra implacable denuncia el festejo chabacano; palabra dura o repulsiva, vacilona o relajosa que centra *La guaracha del Macho Camacho* —novela del lenguaje se la ha llamado, precipitada y sojuzgadamente. Valga la paradoja: apresados por el tapón automovilístico, los personajes se liberan de las represiones y las ansiedades, para dar rienda suelta a la euforia y a la furia —hermanas fónicas y etimológicas. La palabra dura, implacable, puerca, domina a los atrapados, recrudece las violencias, arremete contra las pomposidades insoportables, protesta por el ordenamiento incivil y el vivir jodido.

Guaracha, estamos en paz

Cumplidos los cinco años de la aparición de *La guaracha del Macho Camacho*, trabajo que me ha regalado iguales vicisitudes y alegrías, me arriesgo a hacer una confesión cándida, tras declarar mi ruptura, como escritor y como persona, con la literatura suavona que agrada a la polilla ilustre. La literatura suavona, la literatura evangelizante, se vale del tullido esteticismo para caracterizar la pobreza y la hambre, la desolación y la inconformidad. Prefiero combatir, desde la trinchera de la marginalidad, con el concurso de cuanta palabra corrupta sea menester, el contemporáneo arroz con culo puertorricensis. Prefiero combatir el *gufeo* vacuo con el *gufeo* crítico, el *gufeo* memo con el *gufeo* irónico.

Matar, herir, asaltar, robar, se han vuelto faenas cotidianas en Puerto Rico donde el revólver ha pasado a ser un artículo de primera necesidad. La juventud, apenas completar la escuela intermedia o la escuela superior, va a poblar los cementerios. La vocación chanchullera del político, la fascinación con el vedamiento del religioso, la pusilanimidad del líder cívico, más que ayudar a amainar la tormenta, contribuyen a arreciarla. Tanta miseria colectiva, tanta funesta descomposición, le imponen al lenguaje una impronta contraheroica, desafiante.

Desde que el hombre intentó contrarrestar el desamparo, con la palabra, la literatura sirvió como una humilde mediadora. Sin sumisiones y sin persignaciones, sin llantenes y sin añoranzas, quise que *La guaracha del Macho Camacho* diera un poco de aplacamiento a nuestros males con su soneo despertador. Con candor lo confieso.

Strip-tease at East Lansing

Nada hay más incómodo y difícil que echar cuentas del trabajo creador propio. Incómodo porque reviven las dudas que parecieron desaparecer cuando se estampó, entre zozobras y alivios, la palabra *Fin*. Difícil porque el pudor interviene la opinión. A la incomodidad y la dificultad se añade el riesgo de confundir la valoración con el necio engrandecimiento. ¿Habrá trance más bochornoso que la autocelebración? ¿Habrá mayor muestra de inseguridad que cabalgar, a diario, en el Yo Campeador?

Desde luego, hay escritores que hablan de su obra, con tal majestad verbal y sagacidad crítica, que el impudor se les perdona. Pablo Neruda se sube al corcel de la falsa modestia para cabalgar por las páginas de *Confieso que he vivido*, bello álbum del remembrar arrogante. El prólogo de *Prosas profanas* notariza el más desbocado *ego trip* que conoce la literatura hispanoamericana. En la breve extensión de las *Palabras liminares* Rubén Darío se presenta como el jefazo de una estética nueva, como un indio *dandy* y amarquesado, como el inevitable depositario de las envidias letradas, como el primero entre los primeros. Jean Cocteau, oro del mejor quilate, dedica seis extensos *journals* a desmenuzar la expectativa que levanta su obra multiforme. Algunas cartas de Flaubert a Louise Colet, George Sand e Iván Turgenev, registran dudas sobre la escritura que lo atañe en el momento. Lo que no obsta para que la entrelínea filtre los haces del orgullo.

La excepcionalidad de Flaubert y de Cocteau, de Darío y de Neruda, obliga a perdonar sus retorcimientos ególatras; retorcimientos que, cuando los padecen mortales de inferior rango, merecen la burla y el castigo.

Pero, la incomodidad y la dificultad mías portan otras razones. Desconfío de las vueltas al pasado y las recapitulaciones por parecerme formas reaccionarias de vivir, rendiciones a la vejez que todo lo signa de ayer. Desconfío de la nostalgia por parecerme el más tóxico de los sueños. Entre la domesticidad del recuerdo y la vaguedad de la esperanza me refugio en la última. ¿No dice un peso completo de la novela que cl libro escrito vale lo mismo que el león muerto en el safari? Al cazador sólo le interesa el león que elude la flecha o el tiro, el león que se resiste. Y el amor interesa más cuando se lo busca que cuando se lo encuentra.

Además, poquísimas veces el autor llega a ser el crítico fiable de su obra. Enfrascado en el ordenamiento de la imaginación, afectado por el trabajo tenaz, victimizado por la dedicación penitenciaria, apenas si le resta la templanza para ponderar lo que justifica su vida. No hablo de la falaz objetividad. Hablo de la posibilidad de ejercer el criterio, con libertad y con distancia, con un rigor paciente y compasivo.

Reiteramos, explicar o explicarse son actividades que oscilan entre lo difícil y lo inútil. Ojalá que esta charla, centrada en el apartado dramatúrgico de mi obra, apenas roce lo difícil mientras se aleja de lo inútil. Ojalá que este *strip-tease*, que vengo a hacer en East Lansing, lo musicalicen, conjuntamente, el recato que se estila en la Academia y la audacia que se estila en el Teatro.

Con permiso.

HISTORIA LEJANA Y MULATEZ CULPABLE

Mi primera obra teatral se titula *La espera*, una refundición del cuento de igual título. Se estrena el 23 de febrero de 1959. La fecha no se me escapa porque, ese mismo día, muere Luis Palés Matos, el escritor puertorriqueño que más poesía le ofrenda a la Poesía. Se me escapa, en cambio, el proceso que culmina en mi escritura dramática; una escritura de tanta obligatoriedad arquitectónica, de tanta ciencia carpinteril. La inclinación *natural* hubiese sido la poesía, un género de adhesión temprana, por lo que tiene de confesión y reto juveniles, de radicación ante el universo de la voz personal. Contrariamente, en el drama se suprime la voz autoral y se autoriza la voz entera del personaje. Quien puede compartir, con el autor, la interpretación del mundo pero de manera emancipada.

Tal vez la labor de actor radial, tal vez la asistencia regular al teatro Tapia, tal vez la matrícula en el Departamento de Drama de la Universidad de Puerto Rico, donde me refugié cuando se me cerraron las puertas de la televisión en las puras narices, condujeron mi vocación literaria hacia dicho género. La aventura radial me permitió interpretar galancetes de voz a medio hacer, en novelones más sinuosos que una culebra. Por sus títulos los prejuzgaréis: *El color de mi madre, Tu raza y la mía, Padres culpables, Madres solteras, El dolor de nacer mujer, Yo no creo en los hombres, La hija del dolor.* La matrícula en el Departamento de Drama me llevó a actuar en obras de emblematismo epocal como *Los justos* de Camus, *La Celestina* de Fernando de Rojas, *Teatro Incompleto* de Max Aub, *Los enamorados* de Goldoni, *La muerte* de Belaval, *Hombre y superhombre* de Shaw, *Títeres de cachiporra* y *La zapatera prodigiosa* de García Lorca.

Corrijo una afirmación vertida en el párrafo anterior.

Las puertas de la televisión no se me cerraron en las puras narices. Las puertas de la televisión se me cerraron por las puras narices. La televisión puertorriqueña padeció, siempre, de un blanquismo estrambótico, reñido con la etnia a que se dirigía. Desafía la razón la caribeñidad blonda, la mucha nalga sumida, la mucha piel alechada que en ella se concentró, desde la emisión inicial en el 1954. Los negros asomaron a la pantalla televisora como negritos fililíes, como parodias a cargo de blancos negripintados —*Diplo, Mamá Yoyó, Reguerete, Chanita.* Los mestizos, los jabados, asomaron como intérpretes del alcahuete y la quitamachos, asomaron para reafirmar el estereotipo y el prejuicio. En fin, que el pelo rizo, la nariz ancha, los labios gruesos, la tez nada armiñada, anunciaban que yo no era telegénico al borinqueño modo, que no podía ocupar un lugar en el cuadro actoral de la televisión puertorriqueña, donde a los histriones se los quería blancos, se los quería de espumas, se los quería de nácar.

Persiste, en cambio, el recuerdo de las idas al teatro Tapia, durante la adolescencia, a ver las compañías españolas de drama y comedia, anunciadas con una rimbombancia que prevenía. *Gran* Compañía Española de Comedias Cómicas de Guadalupe Muñoz Sampedro. *Gran* Compañía Española de Dramas y Comedias de Mercedes Prendes. *Gran* Compañía Española de Teatro de María Fernanda Ladrón de Guevara. *Gran* Compañía Española de Teatro Universal de Alejandro Ulloa.

La magia que no cesa

Aquel teatro de trino operístico y mutis declamatorio, aquel teatro rampante y melodramático de Torrado y Linares Rivas, de Echegaray y Fernández de Ardavín, no acababa de satisfacer mi escaso formado gusto y me hacía reír cuando debía hacerme llorar. No obstante, me enamoraron, a primera vista, la voluptuosidad con que la sala se oscurecía, el poco a poco callarse del público, el susurro del telón cuando se descorría, la concentración de la mirada colectiva en el acontecer del escenario. Y sospecho que influyeron en mi temprana expresión dramatúrgica.

Dada a luz con el subtítulo de *Juego del amor y del tiempo*, salpicada con una poesía que le prendía velas al surrealismo menos automático, por los dos actos de *La espera* resuena la opresión del modelo. Tres años antes había interpretado el personaje principal de la comedia, *Títeres de cachiporra*. El influjo de García Lorca se precipitó. El primer capítulo de mi dramaturgia abunda en lorquianismos identificables, como la metáfora sin desbravar y el lirismo hiperestesiado. Sin embargo, la aportación de *La espera*, si alguna, al teatro puertorriqueño de entonces, consistió en el rescate de la plasticidad de raigambre pantomímica, el entrecruce de los planos de espacio y tiempo y la cohabitación de los personajes fantasmagoriales y los personajes reales.

Lo fantástico reaparece en mi segunda obra, única destinada al teatro infantil, *Cuento de Cucarachita Viudita*. Subtitulada *tragedilla popular de los tiempos de Mari Castaña*, la misma se apoya en el conocido cuento folklórico, replanteado como una lucha fatal a tres voces: la antipática del Ratón Pérez, la dulce que aporta la Cucaracha Martina, la articulada por el buen vivir distintivo del Lagartijo. Por decreto de la fantasía los animales se humanan. Y se cotidianizan sus percances. En el ballet del tercer acto se resume o se desborda el estilo que impera en toda la tragedilla: el movimiento líquido, la inserción de la palabra en el movimiento, la coreografía de la luz. En fin, la teatralidad como un recurso anticonvencional.

A los títulos mencionados sumo la *Farsa del amor compradito*, estrenada en octubre de 1961, una criollización experimental de los personajes de la Comedia del Arte. El subtítulo, *Disparate en tres caprichos*, advierte el cese de la coherencia tradicional y el carácter arbitrario de la farsa —género de mescolanza que ramifica sus cultivos y que pide un asedio crítico enfrentado al drama. Que contra el drama como imperio de la coherencia se constituyen las páginas farsescas de Feydeau y de Cuzzani, de Joe Orton y Jardiel Poncela, de John Guare y Peter Schaeffer; se constituyen a favor del argumento destemplado y la trama llevada y traída por los sobresaltos.

Son obras de aprendizaje, a las que enlaza la búsqueda de un idioma teatral que coincida, con mi persona, en su dimensión individual, social e histórica. Hay en ellas una proclamación de entusiasmo por el teatro dentro del teatro, que fuera llevado a las consecuencias óptimas, desde posturas antagónicas, por los dramaturgos más influyentes del siglo, el fascista Pirandello y el marxista Brecht. Hacia el conocimiento de la obra del uno y el otro me guió, desde un asedio cronológico y desmenuzador, un maestro universitario inolvidable, Robert Lewis; maestro que levantaba en el salón de clases un depurado y respetuoso laboratorio, donde se frecuentaban la divulgación y la exégesis crítica, en el más libertario de los ambientes. Pienso, además, que la actividad de la representación dentro de la representación y la publicación del desdoblamiento del personaje, tal como se manifiesta en la *Farsa del amor compradito*, tendrá su deuda con mi trabajo radiofónico; un trabajo que forjó mi admiración por la voz como un útil instrumento de amorosa seducción, de erótica conquista y de espiritual vasallaje.

Como lo narra, con sabrosa certeza, *La tía Julia y el escribidor* el montaje de una radio-novela se convierte en un espectáculo dentro de otro espectáculo. La expresión, frente al micrófono, de cuantas emociones discurre el autor, el habitual desfase entre la apariencia del intérprete y el interpretado, el subrayamiento de los pasajes de alto voltaje emotivo con unos acordes musicales, son prácticas radiales sujetas a un histrionismo por partida doble: del personaje y el del actor en carrera por el estudio, a la búsqueda del plano vocal marcado por el director.

Por otro lado, en ese teatro primero se especifican las claves de mi teatro último, el estrenado y por estrenar. Un teatro que se nutre de la pantomima, el lenguaje corporal y la participación dinámica del público. Lo que parecería confirmar el viejo saber de que sólo se escribe una obra aunque los disfraces del asunto hagan pensar que se trata de varias. *La Galatea, Don Quijote, las Novelas ejemplares, el Persiles*, varían el tema obsesivo de Cervantes: la postulación de una modernidad a erguirse sobre la crucifixión de los cánones.

En una ciudad llamada San Juan

Opuestas, diametralmente, a las anteriores por el uso discriminado de la palabra que se afinca en la crudeza, opuestas porque transcurren en unos módulos realistas, son mis obras *Los ángeles se han fatigado* y *La hiel nuestra de cada día,* estrenadas bajo la denominación común de *Sol 13, Interior.*

También se diferencian éstas de las anteriores porque canibalizan las vivencias de mis años como habitante de la franja histórica de la capital del país;

franja, por aquel entonces, poblada por un artesanado pobre y sitiada por las ratas y las boconerías de los *marines* norteamericanos durante sus orgías putañeras de fin de semana.

Aquella franja sanjuanera de diez calles, cinco salas cinematográficas y un bello teatro a la italiana, aquella San Juan que se volteaba en tranvía, guarda poco parecido con la escenografía para zarzuela a que la tradujeron la restauración y la banca hipotecaria; escenografía frente a la cual se hincha de cerveza la *beautiful people*; escenografía donde rumia su gesta verbal el tierno revolucionario de cafetín—*en todos los cafés del mundo hay demanda de idea y fe*—escribe Witold Gombrowicz.

Los ángeles se han fatigado se arma con el monólogo de una prostituta borracha, alocada, hija de la cuneta, que desvaría con la vuelta a la suntuosa casa solariega y los placeres de la degradación. Caóticamente, la prostituta habla con una maipriola, con los diversos arrendatarios de su cuerpo, con el hijo suyo en permanente edad infantil, con un pájaro enjaulado. E, incluso, con el público de una manera escéptica y confianzuda.

El trabajo se inspira, en la cháchara, a retazos, de una puta desempleada del cabaret *China Doll*, ubicado en la calle San José de San Juan. Juglar desgraciado, de su errante y deslenguada locuacidad huían las mujeres y gustaban los hombres. Desgreñada, de comportamiento a temer ahora y gustar después, en ocasiones vestía con una vaporosidad que hacía extraño su continente. Tanto que el distinguido actor Alberto Rodríguez, hombre de redondeado decir y gesto magnificado desde muy joven, arrancaba a recitar el "Romance de la Pena Negra," cuando la veía desandar por los callejones sanjuaneros del Tamarindo, del Gámbaro, de la Capilla, del Hospital. A veces, en aparente estado de sobriedad, la mujer irrumpía en la principalísima misa de once de la Catedral y arrancaba a reír, con una furia incrédula. Otras veces, en aparente estado de ebriedad, se la veía seguir la misa, servida en latín entonces, con un pío ensimismamiento. Por Gloria Bayoneta se la conocía aunque en mi obra reencarnó con un nombre de estirpe corsa, Angela Santoni Vincent.

¿Ocurrió lo que Angela Santoni Vincent informa en sus confrontamientos con el pasado? ¿Tejen los agravios de su mente la madeja de recuerdos? Más de un crítico ha visto en el personaje una alegoría del Puerto Rico, sigilosamente, prostituido por los ángeles rubios o *marines*. Otro insiste en que se trata de una reflexión a propósito de la caída y la pérdida del paraíso —tema que recurre en las culturas que denuncian al extranjero depredador, al bárbaro. Ni niego ni confirmo interpretación alguna porque hacerlo sería faltar. Todo texto se expone a la pluralidad interpretativa. Y en muchas encuentra el autor atractivas suscitaciones y esclarecimientos de su obra, sorprendentes iluminaciones.

La hiel nuestra de cada día, la otra parte de esta bilogía realista, dedicada a Victoria Espinosa porque dirigió, con mando y justicia, su estreno, transforma en acto trágico el cuento "La parentela" que se incluye en mi libro *En cuerpo de camisa.* Un matrimonio anciano, a punto de zarpar hacia la muerte, repasa el bagaje de sus derrotas y sufrimientos con un lenguaje que roza las desconexiones del absurdismo. Hastiado de las carencias en la zona antigua de la ciudad de San Juan, el matrimonio sueña con una casita limpia, hasta la irrealidad, en la urbanización llamada, sugerentemente, Puerto Nuevo.

Así como ahora, entusiasmada por la visión paradisiaca que las mercadea, la gente amanerada sueña con mudarse a una residencia entre las llamadas *románticas* murallas que aprisionan la zona antigua de San Juan, asimismo, durante los años cincuenta, la gente común y corriente intentaba salir de San Juan, a buscar el progreso que prometían los nuevos suburbios en que señoreaba el cemento. Puerto Nuevo, una sabana fangosa donde reinaban los sapos y los murciélagos, urbanizada por un gringo legendario, Mister Long, fue la utopía que consiguió más optantes, seguida de cerca por la vecina Caparra Terrace. Tal sueño lo dramatiza *La hiel nuestra de cada día*, enmarcado en la pesadilla de la superstición, tan querida de nuestro continente hispanoamericano donde cumple, junto al espiritismo, la función de sicóloga de receta *fast* y de honorario *easy*.

Ambas obras discurren en unos mundos fragilizados por el exceso de ilusiones; mundos que redime la locura en L*os ángeles se han fatigado* y la inmolación en *La hiel nuestra de cada día*; mundos de unas desvanecidas esperanzas.

Dios, sociedad en comandita

La opresión de las ortodoxias y la religiosidad automática a que inducen los milagros se convierten en el eje dialéctico de *O casi el alma*, retorno a los moldes realistas que ensayé en *Sol 13 Interior* aunque bajo el palio de la tensión mágica y la ambigüedad lírica que los tratadistas codifican como normas del realismo poético. Sea por mi agnosticismo sin educar, sea porque nunca he padecido la hermosura de la devoción religiosa, me fascinan las enigmáticas relaciones del hombre con Dios y con las estructuras humanas que las encarrilan. Dentro de esas relaciones, peligrosas por cierto, particular atracción han ejercido, en mis pobres incertidumbres, el milagro y lo milagroso. Más que nada, me han atraído los arrastres de que son capaces los autodenominados mensajeros de las divinidades, desde Mahoma y Jesucristo en la expresión sublime, hasta Jimmy Baker y Jorge Rasckie en la expresión ramplona.

El milagro y la milagrería son unas empresas de parecido riesgo. El milagro traspasa la fe, la ilumina con febricitantes visiones de piedad y abnegación. El milagro reivindica la venerable idea de la sobrenaturalidad que nos protege, nos alecciona y nos espera. La milagrosidad la traban las histerias colectivas y los calculados fingimientos, la milagrosidad posibilita las mediaciones fariseas.

Con tan incontestables verdades el personaje principal de *O casi el alma,* El Hombre, se fabrica un destino que le viene cual anillo al dedo. Una víctima ideal, La Mujer o Maggie, le vale de contrapunto a su acto de milagrería charlatana, de milagrería contante y sonante. El desenlace de la obra, suerte de chantaje a aquella fe que la traspasan las iluminaciones, se cuida, no obstante, de distanciar la religión de las iglesias y a Dios de sus peligrosos intermediarios.

El realismo, cuyas virtudes de expresión y percepción son indudables, tiene sus limitaciones. Reducir la criatura humana a apariencia y figuración parece poco ambicioso, más propio de la desgracia política que de la gracia artística. Y si el teatro, en particular, y la literatura, en general, aspira a dar una versión plena de lo humano deberá trascender la chatura consubstancial del realismo. Bajo los mantos de la apariencia somos duda que acecha, somos desasosegada pasión, somos ambición de eternidad, somos culpa que mina, somos ficción hecha de sueño, somos riesgo sin cálculo, somos mundanidad promiscua, somos estiércol. A una misma vez, somos angélicos y satánicos, mezquinos y dadivosos, rastreros y elevados. Porque así somos, nuestro ser verdadero lo captan mejor la sonda y el buceo que el retrato y la radiografía. Entre el 1963, cuando escribí *O casi el alma*, y 1967, cuando escribí *La pasión según Antígona Pérez*, estas reflexiones se me hicieron, más que patentes, perseguidoras.

Además, quería vincular la experiencia puertorriqueña a la del resto del continente hispanoamericano; un vínculo que, día a día, la oficialidad desalienta cuando arguye que nuestro destino, como pueblo, no mira hacia el sur. En el corazón de *La pasión según Antígona Pérez*, de manera notable, arde ese sentimiento.

CRÓNICA DE LA AMÉRICA DESCALZA

Subtitulada *Crónica americana en dos actos* esta *Antígona* mía, de tantas primas y hermanas, trasvasa el mito clásico a una institución de vergonzosa secularidad en Hispanoamérica, la dictadura. El ensayo biografiado y la novela se han ocupado, honda y denunciariamente, de tan deleznable sujeto histórico nuestro. Baste recordar las páginas vibrantes del *Facundo* y el sombrío matrimonio entre la malignidad y el poder que acaece en la persona de Juan Manuel Rosas. Baste recordar la enciclopedia de horrores que edita *El señor presidente* o la alucinación surrealista que se reitera en *El otoño del patriarca*, página tras página.

Quise, sin embargo, que mi drama, en la forma de una crónica, informara el desamor a que se expone quien se levanta contra la dictadura. Quise examinar cómo la corrupción del afecto familiar puede llevar al titubeo de quien se apresta a defender los principios y las ideas. Un nuevo elemento de difamación perturbaría el personaje principal, conseguiría su incomunicación: los medios de comunicación. Esa paradoja impuso la constitución de un coro dedicado a deformar la verdad, uno diferente al griego cuando impide el nexo entre el personaje principal y el pueblo. La estética realista no servía para caracterizar un personaje compuesto como símbolo de juventudes libertarias, un símbolo ariélico. Por eso mi Antígona Pérez, además del don de la ubicuidad, tiene el de la predicción. Por eso opera como protagonista y como testigo de cargo.

Repito, a partir de la admirable puesta en escena que hiciera Pablo Cabrera de *La pasión según Antígona Pérez*, animado por la recepción crítica entusiasta que obtuvo, me propuse adelantar un teatro comprometido con la experimentación en todas sus fases: la idiomática, la espacial, la gestual.

El hosco gusano de la insatisfacción

En concordancia con esta proposición estrené, once años después, la farsa irrazonable en dos partes, *Parábola del andarín*. Escrita con un verso ripioso y zafio, contrapunto exasperado de la plaza pública del Puerto Rico pobre de los años cuarenta, su estreno fue, desde mi punto de vista, un fracaso aunque la crítica se esmerara en desmentirlo. El público se expresó, con discreta tibieza, al final de la representación. Las sonoridades artificiosas del verso latigoso, la interacción impostada de unos personajes desgarbados por el fracaso, la atmósfera de impotencia social, la transformación de los personajes en los actores que leen, en el libreto mecanografiado, el desenlace de la obra, no parecieron gustar al respetable. *Parábola del andarín*, como *La espera,* como *Cuento de Cucarachita Viudita*, permanece sin publicar como respuesta al desagrado que me produjo su *debut* en sociedad. Por varias razones, entre las que sobresalen la dureza con que miro mi persona y la impiedad con que juzgo mi obra artística, también permanecen engavetadas las piezas, los bocetos y los embriones de los años sesenta, *Vietnam, la noche acaba* y *La balada de las hogueras*, de los años setenta *Las instrucciones de Moscú* y *Necesitamos a Marlon Brando*, de los años ochenta *Mamá Borinquen me llama* y las recientísimas *Bel canto* y *Hablemos de primeras damas*.

En el 1984 se estrenó el vodevil para máscaras, dividido en dos actos, *Quíntuples*, bajo la dirección óptima de Rafael Acevedo Barrios y con la interpretación excelsa de Idalia Pérez Garay y Francisco Prado. El público y la crítica la acogieron con júbilo. No se me escapa el triunfalismo de la expresión. Sé que todo triunfalismo acaba por dañar e inutilizar. Y que el artista no puede dejar que ese instante llamado éxito pese demasiado en su propia estimación si es que, con franqueza y entrega, aspira a seguir descubriéndose, arriesgándose, jugándose el tipo. Aún así, repito que *Quíntuples* mucho gustó, ha logrado cientos de representaciones, amén de traducciones al inglés, el francés y el portugués.

Alarde de teatralidad, afirmación del escenario como recinto donde avivar la magia, confesiones en forma de monólogos de una familia dedicada al espectáculo, en *Quíntuples* se subvierte la idea de la construcción dramática a favor de la idea de la improvisación dramática. Toda la pieza la sostiene la difícil empresa de representar la improvisación, de fingir los baches o lapsos en la memoria de los personajes, de mentir la pérdida y el reencuentro del hilo dialogístico. Pues, a fin de cuentas, se trata de una desencadenada conversación entre los personajes y el público. Que, sin saberlo, representa otro personaje—el público asistente a un congreso de asuntos de la familia.

A conciencia he des-dramatizado el inventario de mi teatro estrenado. Lo he hecho esforzando la enunciación lineal, en armonía con el pudor que debe presidir la divagación sobre uno y su trabajo. Lo otro, repito, implica arrogancia. Y la arrogancia solapa la ignorancia, la necedad. Durante el inventario se me ha revelado, prístinamente, lo que querría que fuera el norte de mi teatro por hacer.

En primer lugar, patrocinar la revolución del continente hasta alcanzar la libertad de expresión lograda por la novela. Algunos textos adelantados, algunos textos trastornadores, han llevado a cabo esa revolución, expandido y diversificado el lugar de la acción dramática, replanteado la utilidad del escenario, balcanizado el *well made play*. Muchísimo más puede hacerse. También querría que mi teatro contara con la participación del espectador de manera activa, con un espectador dispuesto a la experiencia de cualquier eventualidad escénica. La suma de esos espectadores integra la categoría, amenazante o amable, que se llama *público*. Otras tareas para el *público* me gustaría practicar, otras asignaciones que recuperen su presencia durante la representación misma, que lo integren, creativa y provocadoramente, a la representación. De manera tanteadora en la *Farsa del amor compradito,* de manera firme en el vodevil *Quíntuples*, estas asignaciones empezaron a cumplirse.

El teatro, quién no lo sabe, resulta el más dependiente de los géneros que trabajan la palabra; dependiente de los filtros ajenos como el Actor, el Director, el Escenógrafo, el Vestuarista, el Luminotécnico. Y, por dependiente, sujeto a que se lo malentienda, oscurezca o desfigure. La novela pasa del autor al impresor, tras efectuar el circuito mercantil que encabeza el agente, hasta llegar a las manos del lector, sin mayores tropiezos. El teatro, en cambio, avanza por entre docenas de elementos modificadores, previo a someterse al juicio inapelable del tribunal.

A punto de finalizar la charla me asalta la impresión de que el *strip-tease* al que convine con gusto, porque me lo propuso una teatróloga a quien mucho respeto, Priscila Meléndez, ha revelado más de lo necesario. A ese peligro se expone quien accede a desvestirse sin pactar las luces que expondrán su desnudez. *¡Mea culpa!*

LIBERTADES Y CADENAS

Cinco problemas posibles para el escritor puertorriqueño

Tomo prestado a medias, como arranque para la reflexión que sigue, el título del libro de Angel Rama, *Diez problemas para el escritor latinoamericano*. Préstamo de un préstamo viene a ser el mío pues Rama deriva el suyo del manifiesto *Cinco dificultades para escribir la verdad en tiempos de opresión* que Bertold Brecht circula, clandestinamente, durante el mil novecientos treinticinco, entre los escritores alemanes, como alerta al oprobio nazi. Consigno y abrevio los talentos y las aptitudes con que se superan las cinco dificultades, según la opinión de Brecht—el *coraje* para decir la verdad, la *inteligencia* para reconocerla, el *arte* para tornarla en arma, el *criterio* para elegir las manos que la harán eficaz, la *astucia* para difundirla.

Apunto primero, comento después, cinco problemas posibles para el escritor puertorriqueño. Son ellos la pesada cruz de la identidad, la literatura que insta a producir el sentimiento de culpa, la cuestión realista, la conflictividad de la lengua, los caminos del humor.

Los problemas que enumero no son los únicos como refleja el adjetivo. Pero, se reiteran en el taller mental y en el cuaderno de notas, en el sorteo fatigoso de los escollos que comportan. Figuran, también, aunque deformados por la miopía y la demagogia, en el repertorio de chillidos que emiten los espantajos sapientes. Por un lado, los aduaneros del canon y la norma, que pretenden dictaminar cuál obra es novela y cuál obra es drama. Por el otro los *mártires del dogma* que pretenden dictaminar cuál literatura es patriótica y cuál es reaccionaria, cuál literatura procede reconocer y cuál rechazar. Las fabricaciones estrafalarias de los primeros y la ampulosidad fiscal de los segundos no pesan aunque sí posan. Como poses sin peso hay que ficharlas, como pases de torero que disimula la manquedad con la fiereza de la verba.

Soberbia, aislacionista, así parece la reducción geográfica. Mas, el escritor puertorriqueño confronta unos problemas diferentes a los que zarandean la vocación escritural en cualquier parte; unos problemas apenas divulgados fuera del ámbito nacional o de los grupos dedicados al estudio de Puerto Rico como la nación que sobrevive dentro de la colonia.

Veamos las periferias de los cinco problemas.

THIS IS PUERTO RICO, MISTER

Pertenencia al imperio norteamericano bajo los alias sucesivos de botín de guerra, colonia, territorio ultramarino, Estado Libre Asociado. Objeción mayoritaria a la soberanía nacional. Interminable diáspora. Aumento sobrecogedor de la narcosis y del *mantengo* federal. Alud de fugados de los descalabros cubano, argentino, dominicano, colombiano, chileno, haitiano, alud que procura en Puerto Rico la zona de anclaje. Violencia y violación del mito Puerto Rico *edénico*

Así se abrevian unos cuantos de los conflictos y las obsesiones que abaten al país puertorriqueño; conflictos y obsesiones que contaminan las discusiones honestas y las garatas sofistas, los mesurados desacuerdos y las boconerías de cafetín, el diálogo decoroso y la ruindad del chisme. Tales conflictos y obsesiones explican, de entrada, el carácter insubordinado de buena parte de la literatura puertorriqueña de nuestros días. Una literatura que, desde la trinchera de la palabra, intenta complementar a la facción armada que se sació de sacrificio durante los años cuarenta y cincuenta; facción integrada por *los derrotados* como los denominó César Andréu Iglesias en una novela amarga, profética, seminal.

REVERSOS Y REVESES IDEOLÓGICOS

a. Hambre de pan resuelta por los *food stamps* o los cupones del mantengo, hambre de tierra mitigada por el reparto de las parcelas agrarias, hambre de libertad pospuesta *for ever*: pasa la caravana del Partido Popular Democrático.

b. Aparición del anexionismo lumpenal, configuración de un liderato político de escasa solvencia intelectual y desmadrada ambición, visto bueno al terrorismo de estado: pasa la caravana del Partido Nuevo Progresista.

c. Fe de vieja *esloquillá* en los milagros de *San*

Marx y *San Lenín*, fe en la cordura de un país tentado por lo opuesto, fe en la enemistad y la guerra sin cuartel entre sí: pasa la caravana de los muchos independentismos.

Contra ese pavoroso laberinto, contra ese revoltoso amotinamiento de idealidades políticas, se proyecta la literatura puertorriqueña de nuestros días; literatura que aviene a puertorriqueñista tras la rectificación programática del Partido Popular Democrático en el 1944: *La independencia no está en issue.* La rectificación induce a criminalizar el independentismo, desmerecer la producción artística nacional, acentuar el encadenamiento del país puertorriqueño a la sociedad norteamericana. De lo primero se encarga la policía a la que se faculta para abrir expedientes a los simpatizantes del independentismo. De lo segundo se encarga la universidad estatal cuando convoca a la desmemoria y el desarraigo mediante la oferta de un viaje de ida hacia el *Universo*—como *chivús* rebautizan a Betances, a Hostos, a Ruiz Belvis los universalistas, como fantasmones de un ayer muerto y superado. De lo tercero se encarga el Partido Popular Democrático a quien, entonces, mecían los aires tóxicos de la invencibilidad.

<small>Nosotros los de entonces aún somos los mismos</small>

Pero, en rigor, ¿son aquellos del cuarenta *nuestros días*, todavía hoy día? Literaria, políticamente, sí. Escritores iconográficos como José Luis González y Enrique Laguerre se desafilian del estanco generacional cuando practican formas relatoras novísimas y autores de promociones recientes, como Luis López Nieves y Edgardo Rodríguez Juliá, se incautan de las parsimonias verbales de épocas anteriores, saquean aquella estilística y amaneran la voz como recurso. La novedad se alcanza en *Seva* y *La oscura noche del Niño Avilés* mediante la vocalización de una *balada de otro tiempo* como titula José Luis González uno de sus trabajos óptimos, mediante la reinvención de una narratología y una estética de sello arcaizante.

Las soluciones halladas por el Partido Popular Democrático, dividieron y dividen, tajantemente, la opinión de los puertorriqueños. Para unos, transigentes y convencidos, el coloniaje con sabor dulce supuso la revolución pacífica, la tecnología que destercermundizó el país, la pobreza aseada y el plato diario de comida. Para otros, decepcionados y escépticos, supuso la cesión inescrupulosa del patrimonio nacional, la expulsión de media población puertorriqueña hacia la hurañez, la incomprensión y el prejuicio, la bienvenida al vivir sólo de pan.

Pero, si ya no fueran aquellos nuestros días, porque la lejanía temporal impide tal pertenencia, todavía son nuestros los dilemas y los males que, durante su curso, se suscitan; todavía son nuestros los pesimismos forjados durante aquellos años tramposos del cuarenta.

¿QUIÉN QUE ES NO ES MODERNO?

Literaturiza el *vértigo de la modernidad*, primeramente, la generación del cuarenta, según la opinión de René Marqués y del cuarenticinco, según la opinión de José Luis González—pilares de la misma como hacedores de una literatura ubicada, preferentemente, en la moderna y vertiginosa metrópolis sanjuanera. Una modernidad de vértigo atemperado si se la compara con la áspera de Ciudad de México, la desordenada de La Habana, la amenazante de Buenos Aires. Que inocente fue la ciudad de San Juan hasta el medio siglo, muy *hija de María* en los gustos—misa de velo y mantilla, rosarios de cruz, serenata con guitarras, retreta dominical y otros disfrutes munícipes como los suntuosos reinados callejeros: majestad blanca para el Carnaval Ponce de León, majestad negra para el carnaval artesano.

Las dos fechas, el cuarenta y el cuarenticinco, concretan una parcialidad justificada pero superable. René Marqués se vuelca hacia dentro, hacia la entraña puertorriqueña y opta por una fecha impostergable en la historia del país. José Luis González se vuelca hacia afuera, hacia la pluralidad continental y recurre a la periodización generacional que se valida en toda la América hispana. Visiones antipodales emiten René Marqués y José Luis González: la emotiva restricción a lo propio frente a la apertura reflexiva a lo ajeno, la tentación de aislar para destacar frente a la voluntad de ensanchar para intercambiar. Visiones antipodales aunque, pareadamente, sinceras.

Más integrado y razonador sería llamarla generación de la Segunda Guerra: hiato en el cual se funda la modernidad puertorriqueña, hiato fundidor de su esplendor y su miseria.

El esplendor comprende la electrificación de la isla, el servicio a domicilio del agua potable, la educación obligatoria, el salario mínimo, la semana laboral de cinco días, la seguridad social, las campañas higiénicas contra la malaria y los piojos, la desaparición de las letrinas, las estaciones de leche. La miseria comprende el desmonte y la desjibarización, los empeños desnacionalizadores de la instrucción anglicante, la presencia obligada de miles de puertorriqueños en el ejército norteamericano, la ufana persecución del independentismo, la proliferación de los arrabales urbanos, las emigraciones a la hurañez, la incomprensión y el prejuicio.

EL CÓMO, EL CUÁNDO Y EL DÓNDE

En el arrabal sanjuanero transcurren las ficciones primeras de José Luis González y René Marqués. *En el fondo del caño hay un negrito* y *La carreta* se adentran en los enconados tumores poblacionales donde la miseria legisla—*barba piojosa y descuidada que le ha crecido a la ciudad*—llama al arrabal el genial Palés Matos. En la hurañez, la incomprensión y el prejuicio cosmopolitas transcurre *Spiks*, de Pedro Juan Soto, un texto que se resiste a los códigos operísticos del sentimentalismo, un texto que revalida la expresión seca, latigosa.

Otros trastornos *vertiginosos, modernos* se literaturizan. Las mutilaciones que condecoran a quienes vuelven de la guerra hallan la plataforma en los cuentos que urden el tino artístico y la experiencia personal de Emilio Díaz Valcárcel. La nulidad económica de la ruralía la testimonia la deslumbrante propuesta jibarista de Abelardo Díaz Alfaro. Los nacionalistas de armas tomar y las afecciones de las mujeres *operadas* encuentran el cuento en las páginas de Salvador de Jesús y Edwin Figueroa, de Gerard Paul Marín y José Luis Vivas Maldonado. Igualmente, encuentran su cuento los usos de los estupefacientes y las sexualidades consideradas perversas. Son tres las palabras que desapaciguan el aire moral puertorriqueño de los años cincuenta—*mariguanero, cachapera, pato.*

Por otro lado, el clima emotivo de la Segunda Guerra, vulgariza una filosofía que abandona la dicción críptica y se instala en la pantalla de cine, en los escenarios teatrales, en los paliques de café y en las veleidades que practica esa Gran Puta—la moda. Sí, el existencialismo obtiene de la Segunda Guerra la autorización histórica para reinventar el humanismo, acuñar la efigie del escritor *comprometido* y difundir la prédica de la contingencia. Justamente, el compromiso como escrúpulo ético y la contingencia como solución narrativa, se lucen en la persona y la obra de René Marqués.

Los poetas de la generación de la Segunda Guerra tañen el contrapunto idóneo a la prosa enérgica de sus contemporáneos. Violeta López Suria emborracha los sentidos con una poesía que ama, sufre y protesta; los emborracha, los hace arder en *Hubo unos pinos claros*, *La piel pegada al alma*, *Amorosamente*. Francisco Arriví reta los azares de la vida con la intensidad del canto. La potencia del desafío arriviano produce unos textos de iluminada brevedad y sorpresa que no cesa—*Isla o nada, Frontera, Escultor de sombras*. Otros poetas excepcionales como Hugo Margenat y Anagilda Garrastegui, Francisco Lluch Mora y Marigloria Palma, Juan Martínez

Capó y Lilliane Pérez Marchand, Jorge Luis Morales y Laura Gallego, enriquecen la demografía lírica con unas propuestas recias que ameritan un pronto y cuidadoso re-estudio.

Con los pies en el cielo, con los pies en el suelo

Las generaciones siguientes transitan por el Puerto Rico ultramoderno donde el grito se abre paso, la sensibilidad se escarnece y la grosería se diploma; un Puerto Rico que parece avanzar a descomponerse tras la muerte de los dos protagonistas supremos de su historia política, Pedro Albizu Campos y Luis Muñoz Marín. Las generaciones siguientes transitan por un Puerto Rico insultante y charlatán, cultivador del vacío y el desorden, un Puerto Rico caótico y anárquico.

La del Sesenta apuesta a la efusión del patriotismo albizuista. La del Setenticinco apuesta a la extroversión de la ironía y la parodia. La del Sesenta, hijastra histórica de la Revolución Cubana, glorifica el verso. La del Setenticinco, hijastra histórica de la Embestida Anexionista, elabora la narración prosística. La del Sesenta se abona a las ebriedades del optimismo revolucionario. La del Setenticinco practica el desencanto creador.

La glorificación y la elaboración responden a una signología opuesta.

La generación del Sesenta se fortalece con las ilusiones que siembran Fidel y Ho Chi Min, el Che y Mao. Bajo sus inspiraciones se abordan los cantos a la patria invadida, las virtudes de la pobreza, el ocaso de los imperialismos, la aurora de la fraternidad colectiva. Otros cantos optimistas, de dimensión hímnica a ratos, vitorean el amor que diligencian la fiereza y la ternura, el amor que enciende el desprendimiento, el amor que extravaga por el ombligo—sugestiones, motivos, claves primarias de los poetas sesentistas indispensables: Marina Arzola, Andrés Castro Ríos, Angela María Dávila, José María Lima, Edwin Reyes y Juan Sáez Burgos.

La generación del Setenticinco se aleja de la servidumbre teológica a Fidel y Ho Chi Min, el Che y Mao y amplía los horizontes de la imaginación—los aúpos feministas, la homosexualidad que sale del *closet* y entra a la vitrina, los hábitos lumpenales, los perfiles líricos de la obscenidad. A la generación del Setenticinco la chamuscan los fuegos del *boom* narrativo hispanoamericano y algún integrante de la misma se cortazariza para siempre. Algunas de las voces más aclamadas de la generación elaboran un preciosismo de basamento populachero y de neobarroca antillanía. Repásense, como muestra, los bayoyismos idiomáticos, los desmenuzamientos prosodiales, la metáfora aprimorada que juntan las narrativas incitantes de Rosario Ferré, Mayra Montero, Tomás López Ramírez, Juan Antonio Ramos, Manuel Ramos Otero, Edgardo Rodríguez Juliá, Carlos Varo y Ana Lydia Vega.

La generación del Sesenta se atrinchera, principalmente, en las revistas que privilegian el hacer poético como *Guajana* y *Mester* y legitima, además de los apuntados, los nombres de unos poetas significativos como Edgardo López Ferrer, Etnairis Rivera, Marcos Rodríguez Frese, Vicente Rodríguez

Nietzche, Wenceslao Serra Deliz, Angel Luis Torres y José Manuel Torres Santiago. La generación del Setenticinco se atrinchera, principalmente, en las revistas que privilegian el hacer prosístico como *Zona de carga y descarga* y *Penélope del Nuevo Mundo* y legitima, además de los apuntados, los nombres de unos narradores significativos como Magaly García Ramis, Luis López Nieves, Carmen Lugo Filipi, Olga Nolla, Carmelo Rodríguez Torres y Edgardo Sanabria Santaliz.

LA MISA ROSA DE LA JUVENTUD

Con la sencillez que la engrandece, sin dar el menor gusto a la impostación, María Zambrano escribe—*Una generación es una esperanza.* Sí, en tanto que rectifica y amplía los deberes de la anterior, auspicia un gesto parecido al ajuste de cuentas y un acto ritual de desafiliación. Tras el gesto y el acto, cada generación subraya las diferencias con la anterior, a la vez que asciende las diferencias a características y rasgos, a maneras y manerismos.

La generación del Noventa ha tomado la palabra. Al tomarla contrae la obligación de acreditar los nuevos convencionalismos, de actualizar el santoral y el canon literarios, de componer la canción amenizante del momento de su vida, de asumir los riesgos que provoca el acto desafiante de escribir. Unos nombres noventistas van ganándole la batalla al ángel; nombres de prosistas como Luis Raúl Albaladejo, Diego Deni, Juan López Bauzá, Edgardo Nieves Mieles, Máximo Resto, Mayra Santos; nombres de poetas como Nydia Fernández, Noel Luna, Juan Quintero Herencia.

Aún tratándose de herramientas al servicio de la organización crítica, las clasificaciones generacionales, más de una vez, ofrecen unas visiones rígidas y ofuscadas, lo mismo del artista que de su obra. En el caso de los escritores que operan en el permanente borde de los límites, aquellos que exceden la cuota de originalidad que las preceptivas asignan a su generación, aquellos cuya obra aparece a destiempo, la situación se vuelve conflictiva. Pongo de ejemplo a un novelista, como De Diego Padró, cuyo atractivo inicial radica, paradojalmente, en la *latosidad* de su discurso, a una excelente poeta y excelente esclarecedora crítica como Aurea María Sotomayor, a un abanderado de la ortografía rota como el impostergable José Ramón Meléndez. ¿Dónde ubicar, generacionalmente, a un lúdico-excéntrico como Rafael Acevedo?—hacedor de unas prosas elípticas, unas de cuerpo escaso pero de agudas intuición y reflexión. ¿A cuál coto asignar al narrador Kalman Barsy y al poeta Jesús Tomé?, dos transterrados que en la isla de Puerto Rico se aplican, con la obligada pasión, a sus acendradas vocaciones.

Por otro lado, ¿en cuál apartado generacional colocar las escrituras diversas de la diáspora boricua, alimentada por una imaginación feroz, libérrima? La poesía de Martín Espada, Julio Marzán, César Salgado, Pedro Pietri, Alfredo Villanueva Collado, hay que citarla, enseguida. La prosa de Ed Vega, Esmeralda Santiago, Judith Ortiz Cofer, Nicolasa Mohr, Juan Manuel Rivera, Marithelma Costa, también.

Pero, veamos, propiamente, los cinco problemas posibles para el escritor puertorriqueño.

El credo en Puerto Rico, como un *todo humano*, *intransferible y precioso*, estremece la obra del escritor puertorriqueño. El credo se transmuta en una argumentación, emotiva y gustosa, que da asilo a los giros expresivos *made in Puerto Rico*, pondera las delicias del paisaje, rebusca las raíces negras, reclama como hermanos a los que se fueron al Norte. A la pregunta azarosa, *¿Qué somos?*, formulada por Antonio S. Pedreira en el ensayo *Insularismo*, el escritor puertorriqueño responde, sin la menor hesitación, *Somos puertorriqueños*.

Hasta ahora nada asoma problemático.

Después, cuando la apología de la identidad se entrampa en la repetición y se marchita el riesgo que fundamenta la buena escritura, cuando se produce la explicación fácil y se acude al clisé rentable, se suscita el primero de los cinco problemas posibles para el escritor puertorriqueño.

Pese a la intervención norteamericana y el denuedo yanquizante que la prosigue, pese al alias pompático que le injertan en el 1952, pese a la fiebre de desintegrarse en el magma norteamericano que padece un amplio sector, Puerto Rico constituye una nación, si bien la instrucción oficial lo contraría— *uno no nace asimilista, a uno lo hacen asimilista.*

La literatura puertorriqueña dramatiza, por partida doble, aquellas paradojas y estas verdades irrefutables. Las dramatiza en la página, alzada o defensiva, que suscribe cada generación. Las dramatiza en la persona singular del autor. A quien el tema de la identidad lo esclaviza, le impone ordeñar el anecdotario colonial hasta dejarlo seco, lo instruye a estratificar los personajes—sensible el independentista, basto el anexionista, cobarde el autonomista.

Para poner a prueba el talento de que dispone el escritor puertorriqueño haría bien en explorar los senderos ajenos a la crucialidad de la nación y merodear por cuantos rincones amplían el bosque. Y, de cuando en cuando, desatender los tambores de la tribu accidental como llama Fedor Dostoiewski a la patria, ensayar la mirada insólita, la mirada rara.

No obstante, si la dilucidación de la identidad lo obsesiona hasta morderle la entraña, todavía queda por dramatizar un sinnúmero de peripecias que a aquella van a dar por unos caminos distanciados de la trilladura. Aún queda por someter a imagen la patética dependencia puertorriqueña de lo norte-americano. Aún queda por arbitrarse si el lema atinente del país puertorriqueño sería otro que *La vida es una cosa fenomenal*—pasiones incurables de la sique puertorriqueña son la ludicidad y la lubricidad. Aún falta por letrar el puertorriqueño feriado que trastoca en jolgorio hasta el velorio. Y en jolgorio trastoca, por igual, la Semana Santa, el Día de Todos Los Santos, el Día de Los Muertos, los Días Lluviosos, los Días Amenazados por las Tormentas Tropicales, los Días con Aviso de Inundación. Falta por literaturizar el puertorriqueño aficionado a la pelea monga y la gansería. Lo puertorriqueño apagado y tristón falta por apalabrarse, lo puertorriqueño que se escurre por entre el susurro y el recato.

El infinito de destinos turbulentos, que convergen en la red de la cotidianidad, aguarda por la capacidad escrutadora del escritor puertorriqueño. Por las luces de su inventiva aguardan los argumentos que, sin incidir en la extraordinariez, dan jugo si se los trabaja con paciente rigor. Pues los temas no son los serios o inconsecuentes, serios o inconsecuentes son los escritores.

La literatura de la culpa

El segundo problema posible para el escritor puertorriqueño se confunde, a primera vista, con el primero. Se trata de ponderar si la culpa no ha sido la emoción impositiva del tema a desarrollar. Una culpa espoleada por las acusaciones de reaccionario y de enajenado que profieren los Grandes Kanes del Patriotismo Inquisitorial contra quienes ignoran sus consignas y sus asignaciones. Una culpa que suscita la autoimpuesta obligación de ripostar a los renegados que tildan la nación puertorriqueña de un sobre estimado constructo retórico.

¿Héroe o traidor Jorge Luis Borges cuando instituye unas ficciones que desbordan la revolución literaria a la vez que prodiga unas opiniones políticas que desbordan la tasa reaccionaria? ¿Traiciona a Colombia Gabriel García Márquez cuando ubica sus ficciones, más leídas, en el mítico poblado de Macondo y cuando soslaya el nombre de la portuaria Cartagena de Indias como el lugar de ocurrencia de *El amor en los tiempos del cólera* y *Del amor y otros demonios*? ¿Desdeña la revolución cubana Alejo Carpentier cuando jamás se sienta a novelarla?

Federico García Lorca dijo, molesto por el sambenito de poeta de los gitanos, que podía ser *el poeta de las agujas* si lo quisiera. Y Joseph Conrad aclaró, cuando se lo encarceló dentro de los cultivadores de la literatura del mar, *The sea is not my subject. Mankind is my subject.* Pocos poetas han pulsado nuestra realidad con la hondura que lo ha hecho Luis Palés Matos, en pocos cobran tan hondos significados la sensualidad, el gozo, la tristeza que nos funda. Nuestro asomo conturbado al mundo, nuestros instintos, nuestro paisaje y nuestra desolación, nuestra languidez, nuestro atronador vuelco en la vida, están en su poesía. Mas, el nombre del país apenas aparece.

Si de forma voluntaria quiere hacerlo, desde los postulados que se le antojen, el escritor puertorriqueño puede hacer una literatura examinadora de la realidad nacional. Pero haga válido, quien así lo desee, libre de mala conciencia, el derecho a hacer una literatura armada con los sones menos sólitos. Desde una poesía motivada por las trabajadoras hormigas, hasta una literatura que tome como sujeto la indivisible totalidad humana, hasta una narración que se desplace por las geografías de su mismísima invención.

Más allá de la geografía insular, más acá de los cuatro puntos cardinales carcelarios, el Caribe endeuda al escritor puertorriqueño. Lo endeudan la pugna entre el pasado cerrado como un mito y el presente hirviente como un problema de solución escasa, lo endeudan otros sones, además de los que emergen de los cueros. El son pesado de las diferencias sociales. El son duro de la cotidiana hambre caribeña. El son negado del prejuicio racial, ese son que suena con la nota baja, con la clave reservada.

EL PURISMO, LA BASTARDÍA, EL BROKEN SPANISH

El tercer problema posible para el escritor puertorriqueño radica en la manera de asediar la lengua. ¿Cuál sería la lengua apropiada para el escritor instalado en el Puerto Rico actual? ¿Una purista, una didáctica, una correcta en el peor sentido de la palabra? ¿O una lengua coloquial, contaminada, si ello fuera necesario, con los giros incultos y los barbarismos que recogen el latido del hombre de la calle; una lengua bastarda, desgarrada? La literatura, si bien opera como norma y como ejemplo, también opera como registro lexicográfico de la época en que se inscribe. A partir de esa verdad, más que sabida, deberá el escritor puertorriqueño arriesgarse al cultivo de una lengua rica y polivalente, hecha con los diversos registros del idioma español puertorriqueño. Desde el *broken english* hasta el español *estrujao*, desde el selecto idioma de la ternura con que El Topo y Sylvia Rexach le cantan al amor hasta el español límpido y transparente con que Julia de Burgos le canta a la lentitud del mar.

Por la vía de esa lengua devoradora de todas las lenguas, al servicio exclusivo de la caracterización y el enriquecimiento del texto, accedemos al cuarto problema posible para el escritor puertorriqueño.

Radica éste en preguntar si la literatura puertorriqueña no debe despegarse, un poco, de la corriente
realista o perezgaldosiana. Lo real maravilloso ame-
ricano tiene en tierras puertorriqueñas un filón in-
agotable. La realidad política del país produce unos
espejismos que claman por una literatura desafiante,
macondista. Y no mediante la ida al cielo de otra
Remedios la Bella ni tampoco mediante el descubrimiento del hielo, otra vez. Pero sí mediante el
recuento y el aprovechamiento de lo inverosímil.
Que entre nosotros se produce, cotidianamente, si
bien desbaratado por la apariencia de la cordura.
Incluso pienso en esa forma tormentosa de la locura
que se conoce como deseo y que en el Caribe se
padece con mayor desgarramiento porque en el
Caribe la piel, las turgencias femeninas, las virilida-
des detonantes, están siempre a la muestra, como en
el más libertino de los escaparates.

Por la puerta que abre a la imaginación sin
candados arribamos al quinto problema posible para
el escritor puertorriqueño: la irreverencia.

Mejor paga reír

El humor, provechoso en las páginas dc un
Aristófanes impiadoso hasta la crueldad, delator en
las páginas de un Molière combatiente de las hipocresías morales, incendiario en las páginas de un
Valle-Inclán molesto con la doblez de su tribu accidental, sigue siendo una actividad seria. Por tanto, al humor

hay que acudir cuando se quiere atacar la santurronería y la falsedad, cuando se quiere viciar la compostura opresiva; al humor inclemente, delator e incendiario; al humor comprometido con el ajuste de cuentas y el reajuste de lo desproporcionado. No hay una arma más temible que la burla ni un combate más devastador que el que adelanta la chacota de lo necio y lo beato. Si el patriotismo patriotero ya se castiga como una beatería patética, el asimilismo jibarista debe empezar a castigarse como el más ganso de los timos, como la más necia de las picardías, como la más radical de las trampas.

Mejor paga reír que escribir con lágrimas, decía Rabelais. Más que un discurso previsible del coloniaje y sus consabidas ruindades, más que un ataque al colonialismo intelectual de nuevo cuño que supone el proyecto anexionista, la descomposición puertorriqueña contemporánea pide, a ensordecedores gritos, una composición con tintas burlonas, despachadas, zafias. El esperpento, la mojiganga ridiculizadora, la tragedia cómica, el sainete político, dan oportunidad de poner en circulación una teoría de la risa como toma de conciencia y de lucidez, como ceremonia de justicia colectiva.

REPASO

A partir del careo y el sorteo de estos cinco problemas posibles el escritor puertorriqueño podría cautivar, con mayor visión y mayor hondura, el rostro múltiple del país. Que todo país lo compone un rostro integrado por mil gestos, mil enfrentamientos, mil opuestas visiones de la realidad. Que todo país halla su cifra irremplazable en la experiencia plural. Con la mirada imperiosa, con la mirada suplicante, un sin fin de rostros puertorriqueños inéditos aguarda, observa, interroga, clama por sus escritores.

Literatura puertorriqueña y realidad colonial

El pasado mes de mayo, tras una de las representaciones de *La pasión según Antígona Pérez*, por el Teatro Rodante Puertorriqueño de Nueva York, se acercó una señora a felicitarme, darme un beso, pedirme el autógrafo. La celebración pudo agradecerse y olvidarse si la señora se hubiera despedido con un adiós menor e inofensivo. Pero, arriesgándose a las palabras que sobran, con una subrayadísima dicción inglesa, imprecó —*¡¡¡Así que usted es un dramaturgo puertorriqueño!!!* Y sin darme oportunidad de reaccionar, tras poblar de signos de admiración la plaza del Lincoln Center donde el Teatro Rodante Puertorriqueño se había estacionado, desapareció entre el gentío melómano que se dirigía al Metropolitan Opera House, para que Alfredo Krauss lo entretuviera, con otra magistral *Traviata*.

Befas imperiales distanciadas por el tiempo y el espacio: Teodoro Roosevelt cataloga a Puerto Rico como un país cómico mientras que Fray Damián López de Haro lo cataloga como una *pequeña islilla, falta de bastimentos y dineros.* A lo largo de los siglos las befas dan forma a las opiniones que el país puertorriqueño le merece a ciertos gringos y ciertos españoletes. Befas del cosecho patrio: Carlos Romero Barceló declara a la revista *Minority of One* que en Puerto Rico nada de creación valiosa se ha producido por lo que nada habrá que echar de menos cuando la Estadidad se instaure. A lo largo de los siglos unas parecidas befas e invectivas enriquecen la dialéctica de muchos capitanes del anexionismo isleño. Declaradas como agudezas, intentadas como reflexiones, unas y otras soban un *Pan nuestro* que quiebra el respeto que el país se debe, humillan su circunstancia y le accidentan la memoria y el proyecto.

Comicidad, pobretería, creación ineficaz: la desestimación a Puerto Rico se recrudece con el paso de los años. Se recrudecen, también, la extranjería del puertorriqueño en su propio suelo, el temor y el rechazo a la palabra patria. Se recrudece, sobre todo, la inseguridad y la desconfianza del puertorriqueño en su valía cuando la norteamericanización se mercadea como una canción de gesta.

> *¿Por qué almorzar una chuleta*
> *pudiéndose almorzar dos?*
> *¿Por qué ser la cara del ratón*
> *si se puede ser el culo del león?*

La desestimación cambia de colores y se manifiesta con lenidad, *once in a while*. Como una Jano artera, la lenidad exhibe el otro rostro, el de la adulación, cuando quiere adular. ¿Acude a la semiótica de la adulación la señora que prodiga signos exclamativos en la plaza del Lincoln Center, después de felicitarme, darme un beso, pedirme el autógrafo? *Heaven knows, Mister Sánchez*. Pero sea por la desestimación, sea por la lenidad, sea por la adulación o el elogio, *whatever it is*, me provoca a opinar sobre la literatura puertorriqueña y la realidad colonial.

En cuanto bosquejo la opinión unas preguntas me atraviesan el paso. Conocidas, puesto que asoman siempre que se conversa de Puerto Rico y de lo puertorriqueño, las preguntas desafían las contestaciones prefabricadas que recita el anexionista reventao, el autonomista grandílocuo, el independentista de cinco estrellas, el marxista con la *Guía Michelín* bajo el sobaco. Registro las sobresalientes.

¿Saja la historia más hondo y pesaroso que los fantasmas interiores? ¿Retrocede el nacionalismo a la tribu? ¿Practica el norteamericano el nacionalismo funesto? ¿Integra Puerto Rico el Tercer Mundo aún cuando su economía la subsidia y la determina el capital del Primer Mundo? ¿Debe objetarse, por arbitrario y necio, el perfil individualista del escritor, el artista puertorriqueño? ¿Se empobrece o se sacrifica la literatura puertorriqueña cuando se vincula a las militancias independentistas?

Sí, soy un dramaturgo puertorriqueño puesto que cultivo el género del drama y nací en el litoral oriental de la isla, en Humacao para ir más lejos, cabecera de distrito senatorial y ciudad gris como lo denotan el mapa electoral y la poesía civil, respectivamente. Sí, puesto que en Puerto Rico crecí, estudié, poblé *el reino de pronombres enlazados* que preceptúa el poeta. Sí, puesto que aquí forjé mis libertades y cadenas. A las confirmaciones antedichas añado otra que me vale como mandamiento. Sí, puesto que escribo para satisfacer la vocación que conmigo va y para ayudar a generar el interés en mi país.

Tempranamente la sensibilidad convierte al dramaturgo, al escritor, al artista puertorriqueño, en un testigo principal de los miedos y los achicamientos inculcados por los agentes de los miedos y los achicamientos—*Lástima que tan bella persona sea nacionalista*— se repitió en Humacao cuando Nicolás Agosto, Félix Feliciano y Néstor Peña, se negaron a inscribirse en el ejército norteamericano por lo que fueron aprisionados en Atlanta. ¡El amor natural a la patria se tergiversó como delincuencia!

Tempranamente, el dramaturgo, el escritor, el artista puertorriqueño se percata de que la escuela induce a un trastrueco de lealtades—I *pledge allegiance to the flag of the United States and to the nation for which it stands* coreábamos los niños de la escuela Antonia Sáez, de Humacao, al comienzo de las clases. ¡Cuando aún no leíamos ni escribíamos ya se nos suplantaba la emoción patria con el juramento de lealtad a una bandera extraña, consumado en un idioma extraño!

Tempranamente, porque lo acosan las suplantaciones, el poeta, el narrador, el dramaturgo, el escritor, el artista puertorriqueño, se asume como el ojo negado al sosiego. Pues ¿qué otra cosa es un poeta, un narrador, un dramaturgo, un escritor puertorriqueño, si se descarta el hecho seminal de provenir de un país llamado Puerto Rico? Contrariamente, un artista mexicano como Octavio Paz, José Luis Cuevas y Carlos Fuentes, un artista colombiano como Enrique Grau, Alvaro Mutis y Gabriel García Márquez, un artista peruano como Mario Vargas Llosa, Antonio Cisneros y Fernando de Szyslo, lo sostiene y concreta la nación propia, la certeza de la nacionalidad; una nacionalidad que no tiene que defender o consolidar porque lo hacen la tradición y la costumbre, el insoslayable orgullo, el hecho incontrovertible, exento de problema, de ser mexicano, colombiano, peruano. Dicho de otra manera, dicho a la manera de Jorge Luis Borges: Mahoma no habla de camellos y es árabe. La discreción o la sutileza del Maestro admite una indiscreta alteración: Mahoma no habla de camellos porque es árabe, porque no tiene la necesidad de aclararlo, advertirlo, defenderlo.

En cambio, un escritor, un narrador, un artista puertorriqueño como Pedro Juan Soto, Carlos Raquel Rivera, Francisco Matos Paoli, produce y se produce, se cría y crea, dentro de un país ajeno a otra experiencia que la colonial. Testigo de los miedos y las cobardías, de los heroísmos aplastados y los sacrificios sin aurora, de la sacralización de la ciudadanía norteamericana, el escritor, el artista puertorriqueño se asume como vate, como oráculo, como reló, como el impugnador cotidiano. Colonizada a su pesar, mediatizada por las ambigüedades y las contradicciones, su vida transcurre en la militancia y la denuncia, en el padecimiento de las afrentas políticas, en la batalla contra ellas. Ese acto de vigilancia y de grito supone el mayor de los prodigios. Porque la vida en una colonia donde los atropellos se desfiguran, lleva a la alucinación. Sí, el hambre puertorriqueña tiene otra cara, la persecución otras armas, las dificultades otros pasos de servidumbre.

Quiero detenerme en la palabra colonia. Por llevada y por traída, la palabra colonia parece un elemento retórico, un comodín demagógico que manejan los inconformes con la estructura puertorriqueña de gobierno, para ofenderla o desautorizarla. No lo es. La palabra colonia nomina, capazmente, la realidad política de Puerto Rico, a la vez que remite a las categorías de sujeción y dependencia, pobreza y violencia que la orientan como nuevos puntos cardinales. Unas categorías, poco visibles, si los ojos se resignan a las miajas de la apariencia. Pero, que se clarean cuando las despabila el entendimiento. Hasta el enclave colonial más embellecido produce desajustes de todo tipo y condición.

Como lo abrasan la sujeción y la dependencia, como lo insultan la violencia y la pobreza, el dramaturgo, el escritor, el artista puertorriqueño le impone a sus creaciones el carácter de una apología a la patria afrentada. En principio, entonces, se parecen las páginas de los tradicionales y los modernos, de los augustos y los plebeyos, de los maestros de antes y los de ahora. En principio, entonces, llevan razón aquellos que sostienen que el arte puertorriqueño desvaría porque no varía, que se restringe a una sola temática.

Pero, si se cala con hondura, se verá que éstas son medias verdades, miradas desenfocadas. Veamos un par de ejemplos.

SE RUEGA NO VEDAR LA NOVEDAD

Las novelas de Manuel Zeno Gandía y César Andréu Iglesias fabrican las sombras de la sujeción y la violencia, distintamente. Las de Zeno interpretan el desamparo moral o el fracaso de quien muere a manos de la vida—los atascos de la voluntad, la imposibilidad de la redención por el trabajo, la incontinencia. Las de Andréu se adentran en el desamparo histórico o la derrota de quien muere a manos de la muerte—los titanes baleados, los éxtasis de la materia, el desahucio de la trinchera heroica. Las repercusiones del fracaso y el desamparo moral las traducen las podredumbres montantes de *La charca, Garduña, El negocio,* las traduce el afán dramático de Zeno Gandía. Las repercusiones de la derrota, el desfase histórico del país puertorriqueño, las traducen las parábolas que edifican *Los derrotados, Una gota de tiempo, El derrumbe*, las traduce el afán épico de Andréu Iglesias.

Van de cacería, a cotos opuestos de la pobreza y la dependencia, las novelas de Enrique Laguerre y Emilio Díaz Valcárcel. Las de Laguerre muestran una predilección por el estilo acumulativo. Las novelas de Emilio Díaz Valcárcel muestran una predilección por el estilo disgregativo. Laguerre elabora la peripecia con un detallismo aprendido en el novelar realista por antonomasia, el decimonónico—*La resaca, Los dedos de la mano, La ceiba en el tiesto.* Díaz Valcárcel retaza la anécdota o la desmembra—*El hombre que trabajó el lunes, Figuraciones en el mes de marzo, Harlem todos los días,* son novelas fragmentarias y elípticas a propósito, ejemplos de un novelar realista que se sentó en la butaca del cine.

Puede apreciarse, entonces, que la fe en la puertorriqueñidad y el aposentamiento en el realismo burgués relacionan, escasamente, a estos novelistas. Tampoco los unidimensiona el ideario ni la noción del compromiso. Aunque la haraganería, la improvisación y la crítica facilona los meta en un mismo saco.

El acta de nacimiento de una obra artística lleva los sellos del espíritu del tiempo y el aire del lugar, sí. Lo que no obsta para que el peso de la significación recaiga en la personalización de la palabra y la selectividad de la memoria, en la estilística individual. Ana Karenina, Emma Bovary, Ana Ozores, Mariana Rebull, escenifican sus compulsiones en unos recitáculos parecidos y unos trances limitados—el palco teatral y el gran salón de baile, los serpenteos de la infidelidad y los venenos del ocio. Sin embargo, enfrentados y resueltos por Tolstoi y Flaubert, Clarín y Agustí, los recitáculos y los trances los diferencian la personalización de la palabra, la selectividad de la memoria y el avasallamiento de la estilística individual.

Vuelvo a la noción del compromiso, que cupletizara la izquierda de café, a partir del debatido texto de Sartre, *¿Qué es la literatura?* La obra artística no la mejora o la empeora la fe en la puertorriqueñidad o la norteamericanidad, el progresismo histórico o la justedad política, el *compromiso* en fin, si son deficientes el cimiento, el andamiaje y el acabado. Parejamente, una obra artística no la empeora el *descompromiso* si son excelentes el cimiento, el andamiaje y el acabado. Muchos laureles se prodigan a ciertos trabajos medianos porque registran unos asuntos *candentes* y *actuales*. Muchos laureles se escatiman a ciertos trabajos excelentes porque registran unos asuntos *evasivos* y *minoritarios*. Tras las supuestas actualidades desfilan, a veces, las metáforas muertas, los lugares comunes, los símbolos manoseados, la demagogia oportunista. Tras las supuestas evasiones desfilan, a veces, unas obras mayores, unas apartadas del relevantismo y los pliegues al mercado, unas obras que esperan por una lectura valiente y desprejuiciada.

La poesía de Rubén Darío acusada de empalagosa y torremarfileña, la poesía de Rubén Darío *huida* de la experiencia americana, la victimiza la miopía citada; la victimiza y la malinterpreta. Cuando el indio chorotega o nagrandano, a despecho de sus manos de marqués, participa la tristeza de una princesa con la boca de fresa, además de poner en solfa a una sociedad que, por municipal y espesa, desconoce las convenciones del preciosismo rimado, pacta una venganza dulce contra la estupidocracia hispánica. La venganza formula un idioma no apto para ignorantes, surtido de giros raros y esdrújulos; un idioma hecho de *paisaje cultural*, como precisa Pedro Salinas. La supuesta enajenación de Rubén Darío comunica el descontento con un medio que se precia de ignorante, un medio chato y vulgar que sólo se transformará cuando se lo ponga patas arriba. Sí, las princesas, las martas cibelinas, los cisnes unánimes, las japonerías y los demás dispositivos de la modernista exquisitez, son las armas que Rubén Darío elige para arremeter contra la ignorancia endémica. Reunidamente, la divina Eulalia y el travieso Puck, la celeste Gretchen y el caballero Lohengrin, integran el ejército arrasador de la literatura rubendariana. Aunque las lecturas miedosas y prejuiciadas no vean en la poesía del bardo incontestable nada más que fuga, escenario bello, sonora oquedad.

DÉMOSLE LUZ VERDE A LO QUE SOMOS

Puesto al trabajo de crear, que de trabajo paciente se trata y no de una limosna de la inspiración, el dramaturgo, el escritor, el artista puertorriqueño, comienza como impugnador militante y termina como agitador de conciencias. La impugnación y la agitación descalabran, de paso, los muchos embelecos que azotan al país puertorriqueño; embelecos, disparates, maconderías, como los que se desglosan, a continuación.

¿Dejará de asombrar la ocasión en que los locos decretaron la huelga y abandonaron su reclusión en la clínica Juliá? Bajo la custodia impávida de la fuerza policial, impavidez que por fuerza se tornó en delicadeza, los locos se instalaron en la avenida Ponce de León en demanda de unos derechos que, según el loco discurrir, hallaban la razón en sus diversas locuras. La impavidez y la delicadeza de la fuerza policial la determinaba la condición privilegiada de los locos huelguistas. Se trataba, nada menos y nada más, de puertorriqueños vueltos locos en Vietnam, de locos *federales*. Las estructuras gubernamentales radicadas en Puerto Rico que responden, exclusivamente, a los poderes cupulares norteamericanos, se llaman federales. El Correo Federal, el Negociado de Investigación Federal, el Tribunal Federal, son algunas de ellas. Nombrar lo federal, en Puerto Rico, equivale a nombrar al Papa en el universo católico. Nombrar lo federal en Puerto Rico equivale a callarse y acatar.

¿Podría arrinconarse en la memoria la visita a Puerto Rico de George Bush? El candidato vicepresidencial habló a los residentes del caserío *Llorens Torres* en idioma inglés. Los residentes no entendieron un ápice o un carajo. Pero lo aplaudieron a rabiar como se dice en las crónicas de la farándula— *aplaudieron a rabiar a Julio Iglesias*. A continuación, unos mozalbetes descamisados y prietones, adornada la sobaquera con unos gruesos anillos de sudor, obsequiaron al candidato vicepresidencial con un son en idioma español—*Buchipluma na má eso eres tú, Buchipluma na má*. El candidato no entendió un ápice ni un carajo. Pero, los aplaudió a rabiar como se dice en las crónicas de la farándula—*aplaudieron a rabiar a Manny Manuel*.

¿Podría desperdiciarse en el olvido el avión lleno de nieve mandado a traer, desde el polo norte estadounidense, por la alcaldesa Felisa Rincón, con el propósito de que los niños puertorriqueños disfrutaran la nieve? Docenas y docenas de guaguas transportaron al parque deportivo *Sixto Escobar* a cientos de niños apertrechados con palitas y cubitos, con guantesitos y botitas. La pista se transmutó en un redondel nevado en cuyo centro se irguió el folclórico muñeco de nieve. Con la rapidez del relámpago el maravilloso sol borincano empezó a transmutar la imponencia del folclórico en una corriente de agua sucia. Entonces, la inocencia de un niño sentado en las gradas, huérfano de palitas y cubitos, de guantesitos y botitas, interrumpió la sesión surrealista con un grito radical que nos salvó a todos del ridículo:*El muñeco se está volviendo mierda.*

¡Cuán poco garcilasiano pero cuán satisfecho endecasílabo!

Golpe a golpe, beso a beso

Al dechado de gritos parecidos responde el dramaturgo, el escritor, el artista puertorriqueño con impulso y brío. Responde con el herir de amor que precipita otras descomposciones. Responde con el comento ácido que predispone la corrosión. Responde con la desplacida lágrima y la complacida cavilación. Responde con la parada en seco a otros desgraciados embelecos que culebrean su amenaza, día y noche. Responde con el ataque despiadado a los mamarrachos que, como el muñecón de nieve, desfalcan al pobre Puerto Rico.

Quede claro que a la exclamación *¡¡¡Así que usted es un dramaturgo pertorriqueño!!!* se contesta con un *sí* notificante de las insurrecciones poética y espiritual; *sí* que no me dio tiempo a articular la señora de la subrayadísima dicción inglesa pues desapareció entre el gentío melómano que se dirigía al *Metropolitan Opera House* para que Alfredo Krauss lo entretuviera con otra magistral *Traviata*. Repito. Desapareció una vez me felicitó, besó, pidió el autógrafo, retrató, arrancó un mechón de mi cabello, entre rizo y pasa, como *souvenir*.

¿Después de adularme?

La pirámide

Cuatrocientos años después del Descubrimiento, la pelea de perros que en Puerto Rico se denomina actividad política encuentra un punto de convergencia: la pirámide. Los independentistas, los autonomistas, los anexionistas, los anarquistas, los huérfanos de partidos, los que aborrecen las ideologías, echan a un lado los temas obsesivos del independentismo y del autonomismo, del anexionismo y del anarquismo, de la orfandad partidista y las ideologías aborrecidas, para concentrarse en el tema de:

        a. si el juego de la pirámide viola
                ley alguna.
        b. las causas y los efectos del juego de
                la pirámide
        c. si el juego responde a un esquema defraudador
        d. si la pirámide construye la ilusión que la
                política destruye.

Tampoco falta el tema en el hogar patricio o el hogar plebeyo, en la dependencia gubernamental o la consulta médica, en los riesgos implícitos del quirófano. En la mitad de una laboriosa intervención quirúrgica, a través de la mascarilla aislante, uno que otro anestesiólogo propagandiza las virtudes de la pirámide. El anecdotario pueblerino, que cuando prende en la guagua pública acaba por echar chispas, tiene la pirámide como una manante fuente de inspiración. La clase media, hipotecaria de las dos pelotas, las dos rajas y las dos tetas, selecciona la pirámide como la alternativa idónea a la lotería, al bolipul y la bolita. Incluso, como la solución cuasi divina al ahogo económico que impide:

      a. el crucero por las islas de betún.

      b. el merengazo en la República Dominicana.

      c. la celebración fastuosa del quinceañero de la Nena.

Por otro lado, ha sido imposible encontrar, bajo los cielos puertorriqueños gobernados por Mamón, un habitante que no haya sido invitado a sumarse a cualquiera de las pirámides levantadas, durante los últimos meses, con una destreza que haría morir de envidia a los egipcios, los griegos y los aztecas. Ya sea en el lujo burgués de *San Pedro Estates*, ya sea en el fango proletario de *La mansión del Sapo*, no queda un portalón de caoba o una puertucha de pichipén a que haya dejado de llamar la vocecilla de la pirámide. Como el don Juan libertino de Zorrilla, todo piramidero puede propagandizar, jactanciosamente —*Yo a los palacios subí, Yo a los burdeles bajé*—. Y no sólo los palacios y los burdeles, hasta los cementerios han sido visitados a la hora de ganar fieles para la fe de la pirámide.

El juego de la pirámide forma parte integral de la memoria puertorriqueña de los años setenta, junto a la masacre del cerro Maravilla, el título de *Señorita*

Universo otorgado a Marisol Malaret, las burlas a la justicia del bandido Toño Bicicleta y la vuelta de Roma del paladín del Estado Libre Asociado, Luis Muñoz Marín—vuelta que diera pie a aquellos grafitos sarcásticos que inundaron las vallas públicas y las paredes privadas—*Muñoz Marín vuelve, arrepiéntete.*

En fin, que el juego de la pirámide se ha ganado una entrada con letras plateadas en la *Historia de la Ingenuidad Puertorriqueña*, todavía por redactarse. Aunque, los discrepantes manifiestan que sería en la *Historia de la Buenaventura Puertorriqueña,* todavía por redactarse, donde habría que insertar unos párrafos alabanceros de la pirámide. O en la *Historia de los Espejismos Puertorriqueños* tercian los descreídos que, gracias a Dios, jamás faltan.

LA VIDA ES BROMA

a. ¿Licuará los sesos el sol antillano?

b. ¿Será cosa del genio o el *volkfeist?*

c. ¿Responde a una forma de resistencia nacional?

En el Puerto Rico del alma todo desemboca en ello. Ello es el vacilón, el relajo exterminador, el gusto por correrle la máquina al desprevenido, el placer por echarle un vellón a quien se lo deja echar, el entusiasmo por joder la pita. Encopetados y humildones, miembros de la *High* o muertos de hambre *bona fide*, trabajadores de la *Vaguing Company,* integrantes de la Nueva Ola o miembros del Viejo Marullo, los puertorriqueños relajan o languidecen, relajan o estiran la pata. Como en

Puerto Rico el relajo ascendió a deporte nacional y culto orgiástico, por matar el tiempo antes que el tiempo los mate, por endulzar el amargo de la vida, porque les brota del recoveco más ruidoso de las tripas, los puertorriqueños:

    a. le toman el pelo al calvo.

    b. le sacan punta a una bola de billar.

    c. al estreñido le instigan las churras cantarinas.

El inoculto culto al relajo explica que, pese a trastornar las esperanzas de quienes fueron cogidos de mangó bajito, el juego de la pirámide propicie unos sueños chacoteros y guasones en la mente relajona de muchos puertorriqueños; unos sueños en plan de la vida es broma, que vale la pena listar.

En el negocio riopedrense *El redondel*, donde se citan la noche y sus empedernidos amantes, un arquitecto a quien frenetizan las cópulas gimnásticas, sueña con una pirámide de pelirrojas mujeres desnudas. En el friquitín de Piñones *Cómete mi bacalaíto*, sitiado por las olas mansas y los rumorosos cocotales, una mujer con hambre vieja chacotea a la fritolera porque no acaba de freír una pirámide de rellenos de papa. En el bar *Los hijos de Borinquen*, que radica en mi viejo San Juan, una chica nada plástica, de esas que van por ahí, esboza ante otra chica nada plástica, fraganciada con *Chanel Number Three*, la tentación bucal que le suscita una pirámide de endurecidos falos con lunares. Más que la priapofilia molesta el melindre. ¡Falos con lunares! Como las compensan unas lágrimas felices las chicas ignoran el desprecio del varón encanecido que las cala desde una mesita próxima a la vez que apura un batiborrillo de vodka, ginebra y tequila que se llama *Ostia on the Rocks*.

        a. ¿Desdeña el varón canoso a las chicas por imperativo moral?

        b. ¿Las desdeña porque la brecha generacional lo manda?

        c. ¿Las desdeña porque una pirámide con gruesos falos lunarados lo deja fuera de carrera?

El relajo puertorriqueño deja huella en cuanto asunto toca—carne, demonio, mundo. El relajo puertorriqueño mancha cuanto toca con una socarronería que instruye la maliciosidad. *¡Oh yes!*

LA DESCOJONACIÓN DE LA PIRÁMIDE

Por mi madre, bohemios, no hay afición o debilidad, perversión o extravagancia que no la roce, estos días, el dichoso juego de la pirámide; juego que está acabando con la salud financiera del país y trastornando el temperamento puertorriqueño, de por sí, trastornado. La fabulación crece y arrecia, la guasa piramidal se extiende hasta nuestras amadas posesiones de ultramar:

        a. Isla de Mona, Mata la Gata, Cayo
                          Santiago.

        b. Culebras, Vieques, Caja de Muertos,
                          Desecheo.

        c. Palominos, Isla de Ramos, La Isla de los Ratones,

A la par que la fabulación arrecia, arrecia el temblor de quien sospecha que no liberará la inversión, que no obtendrá ganancia alguna. A la par que la guasa piramidal se extiende, se extiende la angustia de quien ve malograda su gestión de ampliar la base de la pirámide aunque llamó a cuanto amigo, amiguete y conocido estuvo al alcance de un telefonazo:

    a. ¡ Metes cien y sacas mil!

    b. ¡Metes mil y sacas diez mil!

    c. ¡Metes diez mil y sacas cien mil!

Pareadamente, meadamente, los tentados por el poco meter y el mucho sacar, revuelven los subsuelos del infierno en la búsqueda del dinero necesario para entrar a la pirámide. Pareadamente, meadamente, cagadamente, el terror atenaza a quien descubre que su pirámide está estancada. Pues la dinámica de la pirámide la establece la salida y la entrada de los ilusos. O lo que se le parece, el relevo continuo de los viejos ilusos por los nuevos ilusos o los nuevos tentados, que son quienes empujan, hacia el vértice de la pirámide, a los arriesgados iniciales.

El juego de la pirámide ha enfermado de ansiedad terminal al país entero. Que, fácil de engañar como ningún otro país sobre la tierra, cifró en dicho juego la fantasía achacosa de adecentar la vida un poquitín.

Decir el país entero no es gratuito ni fatulo.

Todas las clases sociales, todas las profesiones, todas las sectas religiosas, han ofrendado perdedores al juego de la pirámide; un juego que seduce, con la misma intensidad, a los afrentaos pa los chavos y los jodíos históricos, a los podridos de dinero y los ambiciosos de masticar alguito superior al mojón que se están comiendo.

El juego de la pirámide tiene un mecanismo sencillo, traducible a una oración imperativa—*Aúpame y busca quién te aúpe.* Cada pirámide tiene un premio proporcional a la cantidad que el jugador aporta cuando se incorpora a la misma: mil, cinco, diez mil dólares. Incluso, se ha levantado una pirámide espectacular de cien mil dólares con la participación de selectos afrentados para el vil metal.

El esquema del juego se corresponde con la forma de una pirámide. La geometría describe la pirámide como el cubo sólido que tiene por base un polígono. Las caras del sólido son triángulos que se juntan en un punto que se llama vértice. La base de la pirámide suele ser cuadrangular o pentagonal. A partir de un esquema piramidal se arman el juego y la trampa. Véase cómo se arman el uno y la otra mediante el piramigrama a continuación:

a. Un jugador ocupa el tope o el vértice de la pirámide

b. Dos jugadores ocupan el nivel siguiente.

d. Ocho jugadores abarrotan la base cuadrangular.

Cada participante o jugador entrega al jugador que ocupa el tope o el vértice una cantidad de dinero, cien, doscientos, mil dólares. La cantidad acumulada le permite al jugador salir de la pirámide. Cada aportación sucesiva de dinero aupa el jugador hacia el próximo nivel hasta que llega al tope. La ganancia se obtiene cuando se llega al tope y se sale de la pirámide. Para que cada jugador recupere la inversión y obtenga una ganancia es menester que la pirámide se movilice, continuamente.

Los puertorriqueños configuran un pueblo fiebrudo, dispuesto a eslembarse ante la pendejada más pendeja. La fiebre por aquello que se promociona como nuevo nos paraliza cual lo haría una flecha untada con curare.

a. Porque llega el momento en que las modernidades se quedan *out* como declaramos.

b. Porque llega el momento en que ciertas modernidades, de súbito, ya no están en nada, como sanseacabamos.

c. Porque apenas alcanzamos un conocimiento sentenciamos marchito o fenecido su saber.

d. Porque a los puertorriqueños *the very latest fad* nos come el cerebro, nos arrebata, nos mata.

Hoy enamora, arrebata y mata la sensibilidad disco, la sensibilidad travoltosa. En la discoteca transcurre la mayoría de las noches garbosas y los amaneceres desgarbados, en la discoteca *straight,* en la discoteca *mixed*, en la discoteca *gay.* Hoy halagan el mudadizo paladar boricua los pinchos morunos, como ayer lo halagaron las empanadillas argentinas, los sángüiches cubanos, las pizzas italianas, los tacos mexicanos. En reserva están, listas para satisfacer el mudadizo paladar, la arepa venezolana y la salchicha alemana. El mangú dominicano va a entrar, de un momento a otro, en el menú puertorriqueño, por la puerta grande, *bet on that.*

Ahora mismo el pedido de un *Felipe con leche,* de un *Licor Cuarentitrés con leche,* de un *Tía María con leche,* de un *Midori con agua de soda* nos sofistica, *ipso facto.* Consumimos lo *in* aunque nos indigeste. Ahora el mar se baña solo porque los playistas se zambullen en la arena a jugar a la paleta. Lo *in* nos vuela la tapa de los sesos. Lo *in* nos posesiona. Lo *in* nos invade.

Ahora *le dernier cri* consiste en mostrar los pelos de los sobacos y anestesiar a las novias con el sicote de los pies—luce irresistible el varón que anda en chancletas, luce cheguevariano. Ahora mismo están al palo doña Mugre y doña Cochambre. Lo asqueroso se ha tornado modelador y vanguardista. Peor, se ha tornado revolucionario. El arquetipo ético y estético de nuestros días tiene la obligación de heder pues combatir los olores desagradables del cuerpo y ducharse, con regularidad, se tienen por actividades reaccionarias.

Si la discoteca concreta una fiebre pasajera, los juegos de azar concretan una fiebre permanente. La historia puertorriqueña aprocerada se podría contracantar con la historia aplebeyada de los juegos de azar, los juegos manipulables.

a. Contracanto de los zares de la bolita y su comprada respetabilidad.

b. Contracanto de los bingos que auspicia un curato más vivo que un gato.

c. Contracanto de las grandes picas patronales.

d. Contracanto de los billetes de la lotería y los capos que los acaparan.

e. Contracanto de los caballeros que controlan el deporte de los caballos.

Parece alucinante. Pero, en una sociedad donde

los bienes están mal repartidos, sólo el beso del azar salva del salario ridículo y de los precios por las nubes, de los atropellos de una economía que, más que colocar al ciudadano contra la pared, lo crucifica en la pared. Aún así, ningún juego consiguió tal estampida de emociones como la pirámide, ninguno puso al descubierto tanta avaricia, ninguno enflaqueció más la de por sí flaca razón del país. Sí, la melodía y el ritmo de los *Jauja Blues* nos desquiciaron.

EL QUID DE LA PIRÁMIDE

Pero, ¿dónde está el ajo de la cosa?

En la dorada ilusión de que la pirámide es una maquinita de hacer chavos. En la fatal ilusión de que cualquiera Cuca o cualquier Papoleto no se han dado una hartura de chavos porque no se han metido a una pirámide. En la asesina ilusión de que en la pirámide todos los jugadores se sacan el Premio Gordo.

La nueva economía del país, país cuponizado antes, país piramidado ahora, propondría un modelo para los subdesarrollos que haría sonrojar al nobelado Milton Friedman y su Gran Combo de Chicago. Y en busca de filiaciones históricas habría que volver los ojos a aquel episodio ocurrido hace dos mil años. Un varón, que acabó en santo, convirtió unos pocos peces y unos pocos panes en comida suficiente para un fracatán de piojosos y muertos de hambre. Se habló largo y tendido de aquella medida milagrosa del varón que acabó en santo.

En la promesa de un milagro terrenal radica el ajo de la pirámide. Y el bochorno a que induce estriba en la defensa que hace del egoísmo más descarnado, aquel que fortalece la idea de que todo es bueno si me mejora, si me adelanta en la dimensión individual. La pirámide hace prevalecer:

        a. lo peor de nosotros.

        b. lo que nos aleja de los respetos elementales.

        c. lo peor de la existencia.

Porque empobrece el alma, o casi el alma, llama la atención que la Madre Iglesia, tan afecta a los dimes y diretes del espíritu, tan afecta a prohibir, no haya prohibido ni piado. Y la Madre Iglesia es pía por definición. El gobierno, cuidador oficial de nuestros cuerpos, ha fanfarroneado como acostumbra, ha desempolvado artículos e incisos. Entre los truenos y los aguajes leguleyos habrá encontrado espacio para permitir la fuga de más de un guaraguao piramidero. La pirámide proclama la insatisfacción.

CON PERMISO DEL SEÑOR SHAKESPEARE

Uno siempre razona la irracionalidad de los desesperados. La irracionalidad de los codiciosos nunca la razona

        a. Cuando llega el inapelable invierno de nuestra insatisfacción llega, también, la fe endemoniada en los pajaritos preñados.

        b. Cuando llega la zafra de los días angustiados llega la zafra de la alucinación.

        c. Cuando se juntan la hambre y las ganas de comer se encandila la urgencia de echar a patadas a una de las dos.

Cuando estas situaciones se vuelven recurrentes y habituales toda sentenciosidad moralizante se hace antipática. Cuando los trastornos económicos se

convierten en la norma, los complejos de superioridad política riñen con la aspereza del aquí y del
ahora, con el plato de comida escasa y el segundo
aviso de la financiera, con la pirámide de deudas,
calamidades y agruras.

> a. Entonces la dialéctica montada
sobre las grandes posturas ideológicas se la
manda a cagarse en la madre que la parió.

> b. Entonces se produce el relajo como el
penúltimo intento de reducir la opresión de lo
cotidiano.

> c. Entonces prevalece un relajo triste,
propulsor de la risa que se pronuncia con las
muelas de atrás.

Pero, relajo al fin y al cabo. Que una definición
poco circulante dice que el relajo refleja las ganas
voluntariosas de vivir:

> a. a como dé lugar
> b. cueste lo que cueste.
> c. sin solicitar la autorización.

Y otra definición, menos circulante aún, dice que
vivir no es otra cosa que demoler pirámides. En el
nombre de quienes dan la existencia buscando un
poquito de felicidad más vale que lo siga siendo.

No llores por nosotros, Puerto Rico

Los anuncios que invitan a participar de la parada del cuatro de julio en San Juan contienen un discurso secreto más trascendente que el discurso público que dedica el Gobernador puertorriqueño a conmemorar una fecha tan señalada. Y más arriesgado que las cabriolas de las innumerables batuteras, la alegoría de las carrozas y el exotismo de las danzas que interpreta un ballet puertorriqueño folklórico. Animadas por bandas de música cuya antillanía irreprimible las lleva a bolerizar el *Vals de los Bosques de Viena*, guarachizar la *Polonesa* de Federico y salsear cualquier aria de Puccini, las batuteras, las carrozas y las danzas exóticas comparecen el cuatro de julio a enmarcar, con un arte volatilizado por la tela de tul y el papel crepé, el discurso del Gobernador puertorriqueño.

El discurso no es profundo ni lo intenta parecer. Ni siquiera hace gala de alguna ocurrencia feliz dentro de los hábitos del género. Arde la parrafada en el mismo, arde la retórica de cafetín. En cambio, no arde el ingenio que se abrevia en una oración.

Menos el genio que invita a los placeres de la entrelínea o las luces del idioma. Como pieza de oratoria resulta ineficaz, desmerece al orador, poco o nada interesa. Aclaro, interesa si se lo valora como la ratificación verbal de un acto en que la subordinación lanza un do de pecho.

OPINIONES DE UNA CÁMARA

Unas imágenes policromas, que aparejan el enigma y la sugerencia, captan los frutos abundantes de la subordinación aludida; una subordinación que hace parpadear la credulidad cuando agranda los símbolos nacionales de los Estados Unidos de Norteamérica y aminora los símbolos nacionales de Puerto Rico.

Los puertorriqueños asistentes a la parada del cuatro de julio en San Juan aguerrillan el anhelo y cargan la bandera norteamericana como si fuera un rifle al hombro, se protegen del sol con unas pavas cuyas alas las adornan miniaturas de banderas norteamericanas, teatralizan las vestimentas con los colores de la bandera norteamericana. Miles de puertorriqueños se aferran a la bandera norteamericana como un instrumento de salvación, como una forma tangible del éxtasis, como un talismán contra el mal, como la enseña de una religión que asegura la gloria en la tierra.

Detrás de la tarima que ocupan el Gobernador y su séquito se yergue el edificio aljamiado que sirvió, en la década de los cincuenta, a la Escuela de Medicina Tropical. Se podría cultivar la hipérbole y afirmar que un pedazo paradisíaco del mar Atlántico corre a los pies del edificio. Cada cuatro de julio, los norteamericanos turistas y los norteamericanos residentes en Puerto Rico invaden esa porción del paraíso. Felices, irreverentes, se aligeran de ropas, corretean como muchachones, cultivan los gozos acuáticos. Cada cuatro de julio, los puertorriqueños se privan de esa porción del paraíso. Reverentes, victimizados por la respetabilidad de la ropa hecha con materiales de poliester, sudan la gota gorda mientras consumen las cabriolas de las batuteras, la alegoría de las carrozas, el exotismo de las danzas, la alocución del Emisario del Señor Presidente de los Estados Unidos de Norteamérica, la invocación celestial del Director del Concilio de Iglesias Evangélicas, la recitación del preámbulo de la constitución de los Estados Unidos de Norteamérica, el discurso del gobernador puertorriqueño.

LA OPINIÓN DE LA CÁMARA PROSIGUE.

En el vecindario inmediato a la tarima que ocupan el Gobernador y su séquito, tras la hilera de los árboles de almendro que inmortalizó el poemario de Evaristo Rivera Chevremont, se halla el Paseo de Covadonga. Allí prospera el cuatro de julio la venta de calcomanías motivadas por la Estatua de la Libertad, por un tieso *Uncle Sam*, por un estracijado John F. Kennedy, por un Empire State Building abreviado y sin *King Kong* en el tope. Allí prosperan, también, los fantasiosos rediseños de la bandera norteamericana con la estrella numeraria de la estadidad puertorriqueña, la estrella cincuentiuno.

El brazo portador de la bandera puertorriqueña no asoma por ninguna parte. Acaso, uno que otro asoma entre los miles de brazos que ondean la bandera norteamericana. Durante la parada del cuatro de julio en San Juan el puertorriqueño, doscientos por ciento norteamericano, se acuerda de olvidar la bandera puertorriqueña. Durante la parada del cuatro de julio en San Juan el puertorriqueño, doscientos por ciento norteamericano, se declara extranjero en la propia patria y abraza la bandera norteamericana.

El discurso del Gobernador lo redacta un presupuesto tacaño de ideas aunque lo atan unas palabras *de cuatro de julio*, como las cataloga el pueblo burlador; el mismo pueblo que ataja a quien se excede en el pavoneo con el sarcástico dicho—*Se cree que es un cuatro de julio*. Las palabras del discurso resultan tremebundas en la apariencia pero espumantes en la esencia. Quien las oye, con cuidado, se pregunta si el Gobernador cree que la espuma verbal alimenta un país hambriento de imaginación dinámica; un país cuya historia la complica el debatido amancebamiento con la nación norteamericana, la descomposición social manifiesta en la alta tasa de criminalidad, la narcosis, las mil caras de la violencia. A la complicación histórica de Puerto Rico hay que sumar el éxodo de la mitad de su gente

hacia la utopía perforada de la gran ciudad—de *spiks*
tildan en las metrópolis norteamericanas a los puertorriqueños que revientan en español, de *nuyorricans*
tildan a los puertorriqueños que revientan en inglés.
Dos voces distintas para un mismo desprecio.

Más que una reflexión gestada en los fuegos de la
inteligencia, a propósito del acontecimiento que
supone, para todo país, celebrar la soberanía, venti-
lar la memoria, confrontar el proyecto y responder a
las interrogaciones del ahora, un acontecimiento
que la nación estadounidense conmemora el cuatro
de julio con legítimos orgullo y nacionalismo, el
discurso del Gobernador puertorriqueño repite unos
sones y unos tones, requetesabidos.

Love story del Tercer Mundo

El examen de las relaciones entre Puerto Rico y
los Estados Unidos de Norteamérica parece dar pie
a una versión, tercermundista y bananera, del dramón
de Eric Segal, *Love Story*. Los Estados Unidos de
Norteamérica encarnan el Oliver trillonario,
aplomado y rubio. La Islita Antillana encarna la
Jennifer Cavalieri pobre, parlotera y trigueñita, *but
trying hard to cope*. Fiel a los cultivos
hollywoodenses del estereotipo y el clisé étnico,
cuando la versión se pelicularice, que en
Norteamérica todo acaba en película, la protagonista deberá serlo una nalgatriz enjambrada de volan-
tes, para que no le´falten asuntos a su culo. La
nalgatriz respirará por los conductos de una nariz
que en Alabama incurriría en desacato; la abultada

nariz puertorriqueña que informa de los cruces raciales que diversifican la nación y que, a muchos, precipita al cirujano facial. La narizota puertorriqueña que desmiente tantos fraudulentos blanquismos, tantos *freudulentos* blanquismos.

Aunque, año tras año, más y más gobernados polemicen sobre los efectos nocivos de una *Love Story* tan descabellada. Aunque, año tras año, más y más gobernados padezcan la enfermedad que acarrea tanta salud. Aunque, año tras año, el desencanto florezca hasta el extremo de clamar por la revisión moral y legal de una *protección* a la que le sobró, desde sus inicios en el mil ochocientos noventa y ocho, la unilateralidad y la arbitrariedad norteamericanas; unilateralidad y arbitrariedad que aparentó cesar, el mil novecientos cincuenta y dos, con la proclamación del Estado Libre Asociado de Puerto Rico.

Los espejos de George Orwell

Ofendería menos el sentido común si quienes defienden la validez moral del Estado Libre Asociado reconocieran que éste reinventa el colonialismo cuando atenúa sus colores opresivos; que en la defectuosidad colonial se consigna, paradójicamente, la virtud del Estado Libre Asociado, el salvoconducto a las tasas de modernidad por las que transcurre la vida puertorriqueña actual. A la vez, el Estado Libre Asociado resultaría un estatus menos cuestionable si sus defensores no se dejaran tentar por la ilusión de una autonomía invisible en la práctica y ausente en el papel. Pero sobre todo, si exorcizaran la fantasía de que la nación norteamericana se relaciona con la nación puertorriqueña en calidad de un socio igualatorio, un *equal partner*. Pero, si esa fantasía no fuera materia de negociación, así como tampoco Walt Disney admitiría negociar su *Fantasía*, entonces harían bien en orlar la misma con una aclaración fulminante—*Some partners are more equal than others.*

La confesión serviría a la higiene histórica en cuanto que despejaría la estimable duda de si el Estado Libre Asociado pone en función un experimento vanguardista o retaguardista, si hay certeza o prejuicio en la caricatura a que lo redujo Nicolás Guillén. Pareadamente, calibraría la recién estrenada eternidad de Luis Muñoz Marín. ¿Soñó la razón y produjo el monstruo o razonó el sueño y ya no tuvo opciones? También, señalizaría las posibles vías de crecimiento del Estado Libre Asociado, si es que el crecimiento se encuentra entre sus potencias. Finalmente, la aclaración evitaría el desmedro del Estado Libre Asociado si otro partido, sospechoso de los milagros y las milagrerías estadolibristas, alcanzara el poder.

El desgaste, el disgusto.

En el 1968 alcanzó el poder un partido sospechoso de los milagros y las milagrerías del Partido Popular Democrático, uno incrédulo de la fórmula de gobierno que el Partido Popular Democrático regentó desde el 1952. En el binomio tentador de la novedad y el progreso, el partido que alcanzó el poder en el 1968, procuró su nombre y su mística, Partido Nuevo Progresista. Ambas promesas, la novedad y el progreso, además de ofrecer unos juicios demoledores sobre el Partido Popular Democrático, contenían unas tangenciales provocaciones y unas pulcras advertencias: sólo un estilo nuevo y un timón desoxidado rescatarían al país de los descalabros de los años sesenta—década en la que se vació el sombrero de copa del que extraía conejos boyantes el Partido Popular Democrático.

De estar secuestrado por los apellidos canonizados se acusó al Partido Popular Democrático, de entregarse a los monopolios económicos que juró combatir cuando se denominó como la casa de los pobres y los desposeídos, de desatender las necesidades imperiosas de las grandes masas urbanas y mitificar el fantasma del jíbaro que expulsó a las fincas de Trenton y de Hartford.

Poco a poco, dichas masas urbanas se acostumbraron a la marginalidad, reglamentaron el caserío, el estercolero, el arrabal, los terrenos baldíos, los terrenos realengos y se asumieron como una clase jodida, tensa, encojonada. Poco a poco, dichas masas urbanas procedieron a rescatar unos reductos, cuyos nombres formalizarían un largo etcétera de desafíos: *El último relincho, Villa Justicia, Villa Combate, Villa Machete, Villa Cañona, Villa Sin Miedo*. Poco a poco, dichas masas urbanas comenzaron a descarrilar a los políticos ensimismados en las glorias pasadas y a liquidar cuanto se vestía de *ayer*, de *antes*. Poco a poco, los hijos de los jíbaros expulsados a Trenton y a Hartford, a Charleston y a

Harrisburg, comenzaron a volver a la tierra de sus padres, a la patria. Poco a poco, los hijos de los jíbaros condenados a la cárcel con forma de finca, comenzaron a replantearse las lealtades patrióticas.

Hubo quien dijo que, en noviembre del mil novecientos sesentiocho, el país puertorriqueño se acostó viejo y se levantó nuevo. Hubo quien adujo—*Ha estallado el mañana*. El lema de campaña del Partido Nuevo Progresista, un sonsonete que probó la eficacia del disco rayado, popularizó y democratizó la urgencia de replantear la esperanza—*Esto tiene que cambiar, Esto tiene que cambiar, Esto tiene que cambiar*. En una isla confortada por los espejismos el ser realista no impide exigir lo imposible.

La novedad, el progreso, otras calamidades

El traspaso del poder se produjo con una serenidad ejemplar, confirmadora del civismo político puertorriqueño; un civismo que lleva al desprecio de los regímenes totalitarios y a la condena de los golpes de estado que divierten y enriquecen a la milicia rapaz. *Show me un coronel latinoamericano pobre and yo will mostrar you el fast lane hacia la luna* podría ser la letra rubicunda de un tango o un malambo aturdidor, de un rumbón antillano, de una samba escalofriante, de un siniestro vals andino, de un mortal rocanrol centroamericano; letra rubicunda en que el pueblo puertorriqueño nunca ha querido verse retratado.

El cambio de mando se produjo pero la novedad y el progreso se hicieron esperar. ¿Herirá la sensibilidad gramatical expresar que el cambio se incumplió? Con una rapidez sorprendente el Partido Nuevo Progresista se ayatolizó, se volvió Partido Senil Retrógrado. A tono con el estilo que el verbo ayatolizar propugna el Partido Nuevo Progresista desobedeció la petición del electorado de dignificar y ennoblecer la vida, de reinventar la esperanza y privilegió una agenda conducente a anexar el país puertorriqueño a la nación norteamericana. De anexarlo primero, de asimilarlo después.

En concurrencia con dicha agenda el Partido Nuevo Progresista gravó la cultura puertorriqueña con las obligaciones de un universalismo pacotillero. Como si el universo fuera un barco felliniano e irreal que evitara las costas puertorriqueñas. Como si el universo no se completara con las maneras y las costumbres puertorriqueñas. Como si el universo no se hiciera escaso con la ausencia puertorriqueña.

A tono con dicha manía privilegiada el Partido Nuevo Progresista desdeñó el asiento geográfico y espiritual de Puerto Rico dentro del vecindario iberoamericano, desdeñó la interlocución fraternal con la España que emergió de la noche franquista. Nociones heréticas le parecieron al Partido Nuevo Progresista la fértil caribeñización de Puerto Rico o la deseabilidad de iberoamericanizar su derrotero. Nociones pías le parecieron al Partido Nuevo Progresista la yanquización y el regateo de la nacionalidad. Una nacionalidad constituida a contracorriente, entre rechazos y persecuciones, entre recriminaciones y escarnios, pero instituyente de una mirada propia, intransferible, sin igual, diferente.

Durante sus temporadas en el poder el Partido Nuevo Progresista se dedicó a mover, cielo y tierra, en su afán de viabilizar la Estadidad Federada. Para ello reclutó lo sublime y lo ridículo, lo ofensivo y lo inesperado, hasta los anuncios que invitan a participar de la parada del cuatro de julio en San Juan.

Los medios estrategian el fin

Los anuncios que invitan a participar de la parada del cuatro de julio en San Juan reciclan la publicidad que, durante las navidades puertorriqueñas, elabora una argumentación gráfica de la alegría, de la fiesta, de la juerga hasta irse de boca. Se trata de los dibujitos de una lluvia de estrellitas, de unos cohetes de feliz embuste, de unos labios jacarandosos de los que se escapan fusas jacarandosas y semicorcheas jacarandosas, unos dibujitos de serpentinas.

¡*Christmas in July*!

Con el insinuante nombre del perfume de otrora, *Christmas in July*, estrena el Partido Nuevo Progresista una estrategia ideológica. La estrategia de la solapa se mercadea durante la administración del Gobernador Ferré. La estrategia de la desfachatez se mercadea durante las administraciones del Gobernador Romero. La estrategia de la negación se mercadea durante las administraciones del Gobernador Roselló. El primero proclamó que Puerto Rico era la patria de los puertorriqueños pero que Estados Unidos de Norteamérica era la nación de los puertorriqueños. El segundo proclamó el tantrum ESTADIDAD POR LAS BUENAS O LAS MALAS. El tercero proclamó que Puerto Rico no constituía una nación. Refinado y anexionista el Gobernador Ferré, burdo y asimilista el Gobernador Romero, telegénico y asimilista el Gobernador Roselló. Tres diferentes personas y una sola intención verdadera—el adoctrinamiento sistemático para facilitar la Estadidad borinqueña.

La rencorosa devaluación de lo propio

A la palabra adoctrinamiento le sobra doctrina, mala prensa, incomodidad semántica y asociación pavloviana con los regímenes totalitarios. El Partido Nuevo Progresista jamás endosaría el concepto de adoctrinamiento. El concepto de Educación Para El Alcance De La Estadidad sí lo validaría. El concepto de Educación Para El Gozo De La Igualdad Total Junto A Nuestros Conciudadanos Del Norte, también.

Pero de adoctrinamiento se trata, de la proclamación de una arrolladora superioridad norteamericana y la proclamación de una insuperable precariedad puertorriqueña, del descrédito de la nación puertorriqueña diz porque responde a un pensamiento reaccionario y el crédito de la nación norteamericana diz porque hace de los puertorriqueños ciudadanos primermundistas. Un adoctrinamiento que no lo arredra la contraofensiva puertorriqueñista que conduce el sector autonomista del Partido Popular Democrático ni la militancia unánime de los varios independentismos en el aprecio y el enaltecimiento de lo propio; independentismos que, por otro lado, tantas veces, lamentablemente, a la hora de ofrecer unas explicaciones coherentes sobre el porvenir real de la nación puertorriqueña, se entregan a las florituras del bel canto, a las declamaciones impostadas en las que el análisis y el ripio se confunden. Un adoctrinamiento que vigila todos los flancos: el deporte, los servicios de salud, el arte, los medios de comunicación, la publicidad que da a luz los anuncios que invitan a participar de la parada del cuatro de julio en San Juan, los dibujitos de una pertinaz lluvia de estrellitas, los restantes dibujitos pueriles.

¿Pueriles?

VÁMONOS CON EL DISCURSO SECRETO

No, tanta puerilidad no debe tildarse de pueril. Tampoco se la debe justificar como el parto de una pupila cansada o el trabajo aburrido de quienes son artistas de tarde en tarde o el incurrimiento en el clisé *naif*. El cálculo existe, el doble fondo, el intento de ideologizar la apariencia inofensiva de los dibujitos.

¡Ojo al vivo!

Del reciclaje publicitario se omite el bebé rozagante que simboliza el Año Nuevo. Oportunista, conveniente omisión que represa la mitad del discurso: el Año Nuevo colmado de promisión, el Año Nuevo que ocasiona resoluciones y enmiendas, encuentra una fecha disyuntiva en el calendario puertorriqueño. La manipulación se trasluce aunque se simula: el cuatro de julio se celebra el Año Nuevo Puertorriqueño. La otra mitad del discurso culebrea por la caligrafía, reposadísima, que escribe: VENGA A CELEBRAR LA INDEPENDENCIA DE NUESTRA NACION.

¿Semiótica del subdesarrollo o subdesarrollo de la semiótica?

La dialéctica de la alegría, de la juerga hasta irse de boca, de la invitación a una borrachera donde naufraga toda lucidez, el aguacero de dibujitos, pretenden embellecer dos mentiras inescrupulosas. Una dice que Puerto Rico festeja su independencia cuando los Estados Unidos de Norteamérica festejan la suya. La otra dice que Puerto Rico no tiene que alcanzar su soberanía porque los Estados Unidos de Norteamérica alcanzaron la suya, hace doscientos años. *En México todo es afrenta* subraya Carlos Fuentes. Y su obra inmensa se sumerge en las mil máscaras y espejos de la afrenta para denunciarla, para combatirla. Más o menos paráfrasis, más o menos hipótesis, *en Puerto Rico todo es tergiversación.*

Máscaras y espejos

La tergiversación nace de la incompetencia o de la mala fe, como lo demuestra la dispar adjudicación de lo local, lo nacional y lo internacional que llevan a cabo los noticiarios puertorriqueños. Como un hecho *internacional* clasifican la apología que hace Brigitte Bardot de las focas, el desayuno con cocacola del primer ministro de la China, toda opinión de Octavio Paz. Como un hecho *nacional* clasifican la cura de alcohol de Elizabeth Taylor en un hospital californiano, el tornado que azota el agro tejano, la clausura de las saunas *gay* en Washington. La tergiversación desborda las cotas de la incompetencia o la mala fe cuando las noticias originadas en Puerto Rico se reducen a locales aunque tengan carácter de acontecimiento. Un dato trascendente, arrancado a la aurora boreal, por el Observatorio Astronómico de Arecibo, se cataloga de *local*. El concierto inaugural del Festival Casals, bajo la dirección excelsa del maestro Herbert Von Karajan, se cataloga de *local*. El debut en su país natal de la *estrella* de Broadway, Chita Rivera, se cataloga de *local*.

El propósito de la tergiversación no se escapa: inculcar que en la nación norteamericana se asienta la nación de los puertorriqueños, hacer creer que la ciudadanía y la nacionalidad son calidades intercambiables, diseminar el embuste de que Puerto Rico no pasa de ser un bullanguero *beach resort where the best piñas coladas can be tasted within the boundaries of the United States of America.* Es decir, que Puerto Rico no es más que una divertida localidad norteamericana, la postal de un Caribe al que complace la placidez.

El sudor nacional de Félix Trinidad

But, tarde o temprano la colonia alucina y el traspié lleva al suelo: los mismos medios informativos que fomentan la tergiversación y reducen las ocurrencias puertorriqueñas a *locales*, catalogan como MONUMENTOS NACIONALES los puños de Félix Trinidad, urgen la integración permanente del espectacular Piculín Ortiz al SELECCIONADO NACIONAL DE BALONCESTO y miman con el lauro de SUPER VEDETTE NACIONAL a la cantante y bailarina Iris Chacón. Lo que quiere decir que el concepto nación tiene el visto bueno cuando cobija la destreza física y el alarde rítmico, los chorros de sudor y el protuberante mollero. El concepto nación tiene el visto bueno para amadrinar las actividades pintorescas como el *Festival Nacional de la Chiringa* y el *Festival Nacional del Ñame y de la Pana*. El concepto nación tiene el visto bueno para el deterioro semántico.

SUDDENLY LAST SUMMER

Reparemos, ahora, en el engaño que engaña al engañador, como si anduviéramos las infinitudes de una ficción borgeana. El texto *VENGA A CELEBRAR LA INDEPENDENCIA DE NUESTRA NACION* reclama la nación como una necesidad. Ese reconocimiento de la necesidad de la nación, que las disoluciones posmodernas peyoratizan y las teorías del fin de la historia interpretan como otra babosada telúrica, interesa, particularmente, cuando la declaran quienes se cebaron en desestimarla, quienes se aplicaron a desprestigiar el temple y el rigor que ella convoca.

No nos llamamos a engaño.

La nación que se venera en los anuncios que invitan a participar de la parada del cuatro de julio en San Juan es la norteamericana. Pero, aunque no sea su propósito, el texto confirma la nación como una necesidad que apremia, como una convergencia emotiva, como una manifestación del instinto de pertenencia; instinto que no se transfiere ni lo reorienta el Partido; instinto que imposibilita todo proyecto centrado en la suplantación, la usurpación o la tragantada de Puerto Rico por los Estados Unidos de Norteamérica.

En la nación convergen la agridulzura del propio descubrimiento, los rostros encadenados por unas fechas y unos recuerdos, las experiencias que los años filtran, precisan y tejen cual señas de identidad. Unas señas que se esparcen, que se recuperan en la cultura. No hablo de la cultura que se guarece en las iluminaciones transcritas por el poema ni la formulada con los colores que avanzan desde el cuadro hasta la mirada ni de la que puebla el vacío con las bellas síncopas del cuerpo bailante. Hablo de la cultura callejera, corriente y sin elaborar.

Cimentada en la hibridez antillana, de una amarga visceralidad, hecha de cuanto son perciben el corazón y el oído, he ahí un esbozo inicial de la cultura puertorriqueña. Y dependiente, en la tangencialidad, de los enfoques, los prestigios, los glamures que exporta la cultura norteamericana. Una dependencia que la lleva a semejarse con la mayoría de las culturas del universo restante. El *jean* práctico por estrafalario, el endoso al *hamburger* que deroga los cubiertos y los modales, la cocacolanización del paladar, la asexualidad de la oreja abierta, el dejo arrebatado a que conducen Madonna y Michael Jackson, la juvenilización a ultranza.

La personalidad cultural puertorriqueña se afianza cuando muere el siglo diecinueve, cuando el imperio español se fue a la porra. Más allá de la porra se quedaron los taínos, un par de siglos antes. Más acá de la porra, en la porra misma, ¿serán ellos la porra?, se asentaron los negros. Poco a poco, sin nada de alboroto, a no ser el alboroto consensual, lo español se amulató, se puertorriqueñizó. Poco a poco, el vozarrón del amo se acalló o se endulzó. Lo que, siglos antes, fuera celta, visigodo, watusi, dinga, se refundió en la personalidad puertorriqueña que le salió al paso a la embestida norteamericana. Nunca se fue tan puertorriqueño como cuando los norteamericanos entraron por el poblado marino de Guánica y se corrió la voz de que llegaban *otros* a mandar. Desde entonces, sin que la ciudadanía norteamericana, impuesta en el mil novecientos diecisiete, tuviese un efecto modificador, para los puertorriqueños, los norteamericanos han sido siempre los *otros*, como lo fueran, en sus días de mando, los españoles. Aunque, armados con la lengua arrebatada a estos, fervorizados por el catolicismo que viajó con las tres carabelas, encarados a los maleficios de la insularidad, afirmados en las diferencias insoslayables con los invasores, los puertorriqueños han conseguido sobrevivir a cien años de forzada relación con los Estados Unidos de Norteamérica.

Hecha de dura prosa, reñida con la épica y la canción de gesta, la sobrevivencia se ha negociado como un coreografiado toma y dame. Los puertorriqueños respetan la bandera norteamericana pero se abrazan a la bandera puertorriqueña. Los puertorriqueños tararean el himno nacional norteamericano pero cantan el himno nacional puertorriqueño. Los puertorriqueños evalúan la ciudadanía norteamericana como el producto de un benéfico tratado económico pero valoran la nacionalidad puertorriqueña como una esencia de imposibles supresión o subalternidad.

No han faltado los políticos y los intelectuales comprometidos, *as in a full time job*, a menoscabar los símbolos de la nación puertorriqueña, a parodiar su imaginario espiritual, a destacar sus limitaciones y agigantar sus precariedades, a dictaminar la vejez o la obsolescencia de cualquier discurso que la acredite como un llamativo por intenso fragmento de la humanidad, un fragmento diferente y útil. No le han faltado sepultureros a la nación puertorriqueña, los hispanófilos de otrora, los gringófilos de ahora. Sin embargo, a pesar de que el entierro se ha ensayado hasta los detalles más insignificantes, a pesar de que los despedidores de duelo han publicado su gustosa disponibilidad, la sepultura continúa desocupada.

VÁMONOS CON EVITA

María Eva Duarte Ibaguen entró a la inmortalidad, a las veintidós horas y veinticinco minutos de un veintiséis de julio. No entró, desde luego, precedida por ese nombre, reminiscente de la hospedería de Junín donde se hizo muchachona apetecible, reminiscente de una mediocridad artística, a la vista en filmes de irrisorio dramatismo, como *La pródiga*. María Eva Duarte Ibaguen entró a la inmortalidad, bajo el palio de un nombre supersticioso, un nombre por el que repercutía una santidad laica o descamisada, un nombre lastrado por la acusación de que su dueña repartió los jugos vaginales a cuanto militar quiso apurarlos, Evita.

Pasemos del lastre histórico al lustre mítico, vayamos de la persona al personaje, huyamos de los reinos de la realidad a los reinos de la imaginación. *Evita* fue un exitoso serial televisivo, con la bella Barcelona aprovechada como enmascaramiento de la bella Buenos Aires, que interpretó Faye Dunaway, después de haber interpretado a otra ficción, a Joan Crawford. ¿Sería Evita Perón la *Mommy Dearest* de Argentina? Rebautizada sucesivamente como Eva, como Eva Perón, como Evita Perón, como Santa Evita cuando se la transmutó en cadáver viajante, reinventada por la política, inspeccionada por la literatura, María Eva Duarte Ibaguen terminó por ser el personaje capital de una ópera roc. Igual destino había corrido Jesús de Galilea, quien fue bajado de los cielos, para que se posara en las marquesinas de los teatros, con el nombre espectacular de *Jesus Christ Superstar*.

Fin de fiesta

Antes que Paloma San Basilio le pusiera un dedo encima, antes que Madonna lo madonnizara, el personaje de Evita, según lo transcribe la ópera roc que tiene por compositores a Tim Rice y Andew Lloyd Weber, halló la intérprete definitiva en la inglesa Elaine Paige. Una imposible de olvidar tarde de junio, en el teatro Prince Edward de Londres, vi a Elaine Paige enfrentar, con sabiduría y genio, el personaje de Evita; la vi dejar que los deberes del poder le manejaran el cuerpo; vi el cuerpo diminuto de Elaine Paige llegar a parecer una cobra de las que estrangula caballos en la pampa; vi a Elaine Paige amasijar, hasta conseguir rebajarle el vaho fascista, hasta conseguir licuarla, la canción suprema de la famosa ópera roc, *No llores por mí, Argentina.*

Como si se tratara del verso pegajoso que uno desprende del poema y lo transforma en un poema entero, después de aquella inolvidable tarde, he silbado, con insistencia majadera, el tango que repta por entre los silabeos del roc. Pues los desgarros de la letra y las garras de la música, contienen la más testamentaria de las súplicas.

En la importación, a todo trance, se especifica un síntoma del colonialismo. En la colonia se importa lo innecesario, lo peorcito *available* en otras plazas; gente, ideas, artefactos. En la colonia se contrata al afuerino para que venga a enseñar lo que el nativo siempre supo: cómo sacarle agua al coco, cómo pelar un guineo maduro, como viajar de pie en la guagua. En la colonia se decreta la minusvalía, la incapacidad esencial de los nativos, de los del patio, de los *locales.*

Para ser coherentes hasta la alucinación, para ser coherentes hasta la tragedia bufa, ¿por qué no correr a importar el tango británico de marras? Si se le muda el pronombre, si se sustituye el *mí* por el *nosotros*, la súplica o la exigencia alcanzarían la intensidad de un himno velloneril, por el estilo de *Que digan que estoy dormido, Y que me traigan aquí, México lindo y querido, Si muero lejos de tí.* Esto es, un himno capaz de atornillarse alma adentro, un himno titulado *No llores por nosotros, Puerto Rico.*

Sin que se le permita al pesimismo el mejor lugar en la mesa, sin que se patrocinen las embriagueces de la derrota, sin que se faciliten las burlas de los negados y los renegados, sin que se bonifique con una tarjeta *American Express* al puertorriqueño que de Puerto Rico es el lobo, procede admitir que son muchas las veces en que este país hiere, duele. Desgraciadamente, fatalmente, se trata de una herida que no la cura el grito. Inexplicablemente, misteriosamente, se trata de un dolor que no lo alivia la lágrima.

Vivir aquí

Cuando digo que no quiero ocupar la cátedra de Profesor Distinguido con que me honra la Universidad de la Ciudad de Nueva York, sino hasta más adelante, los amigos me miran sin entender. Cuando digo que sólo pasaré en Nueva York un semestre anual me entienden menos. Cuando digo que, a lo mejor, nunca tendré la voluntad suficiente para ocupar tal cátedra me miran con perplejidad. Pues si bien Nueva York puede notarizarse como la capital del Universo, si bien Nueva York puede reconocerse como el más grande y populoso de los barrios puertorriqueños, si bien ensombrece el ánimo el derrotero nefasto por el cual se aventura el Puerto Rico actual, se me dificulta vivir fuera de aquí.

¿Será porque la brevedad convierte la isla en fácil dominio?

LA VUELTA A LA ISLA EN UN PESTAÑEO

Uno sale por el Este con la madrugada a cuestas, sale de Fajardo. A contraluz mira el palmar enmarcar a Luquillo. Con el alba a favor mira el rocío alfilerar el Yunque. Porque hunde el acelerador no ve el junte del verde umbrío por la sabana altozanada de Río Grande. Antes de las siete irrumpe en la autopista *Las Américas*. Hasta el peaje primero lo escoltan la deforestación abusadora y las mansiones donde vegeta la burguesía sin cepillar—los consabidos techos inclinados, la consabida teja ornamental, el consabido charquito pisciforme. Al cuarto para las ocho llega a Cayey, desayuna un pastelillo con café, observa las moribundeces de la niebla. Envalentonado por la cafeína, en menos de un santiamén, rebasa las intersecciones que llevan a Aibonito, a Coamo, a Guayama, a Salinas, a Juana Díaz, a Santa Isabel. A las nueve mediadas, tras lamentar la seca del paisaje, arriba al corazón del Sur donde nacieron dos esencias puertorriqueñas, Ruth Fernández y la plena—*La plena que yo conozco, No es de la China ni del Japón, Porque la plena viene de Ponce, Viene del barrio de San Antón*. Bajo el sol que despelleja chupa quenepas, entra al *Museo Ferré* a contemplar la *Flaming June*, pasea las calles que a Ponce señorean. Antes de las doce dar bebe en San Germán alguna delicia fría, maví por ejemplo. Si escasea el maví pues bebe un carato de guanábana, una horchata de ajonjolí, chupa un límber de avena, sorbe una piragua con sirope a escoger—de tamarindo, de guayaba, de carambola, de uva playera, de coco. A la una, una de dos: o nada en San Miguel de Boquerón o se apipa de ostiones en los ventorrillos del área. Como a las dos y pico almuerza en Joyuda un chillo que se sale del plato, una pelota de mofongo y un flan de jengibre o de parcha. Las cuatro serán cuando baja a Mayagüez a apurar café prieto y pellizcar el brazo gitano horneado en la *Casa Franco*. Para homenajear a aquel poeta que dijo *Mayagüez sabe a mangó* amontona en el baúl del automóvil el mangó mayagüezano, el mangó de hebra, el mangó mangotino. A las cinco arrepecha hacia Aguadilla y al cuarto para las seis enfrenta la inmolación del sol por Guajataca. Son las siete cuando cruza por Vega Alta y Vega Baja, cuando mastica el mampostial o el quesito que compró en Arecibo e Isabela. A las siete pasadas pasa por los predios de Bayamón pero no se arriesga al chicharrón crujiente. Serán las ocho menos veinte cuando observa el lucerío que devora a San Juan, capital del país y ojo del Norte. Adiós le dice a Río Piedras, adiós le dice a Carolina y Canóvanas. Luego de gozar la luna que se esparce sobre Loíza, luego de reparar en que el Yunque se ha hecho una sola sombra larga, retorna a Fajardo cuando aún no han caído las nueve.

¡Los cuatro puntos cardinales recorridos en el lapso apretado de unas horas!

MAMÁ BORINQUEN ME LLAMA

Sé que el provincianismo aturde, que la islería impacienta, que el sentimentalismo achanta. Pero, confieso que me resultaría imposible vivir fuera de Puerto Rico largo tiempo, si bien tacho por desmelenados los versos de Gautier Benítez—*Yo puedo patria decir, que no he sabido vivir, al dejarte de mirar.*

A lo mejor el agarrón firme del mar a la tierra sensibiliza en extremo—el Atlántico y el Caribe prorrumpen en cualquier curva puertorriqueña con su terquedad azul. Un azul que se engalana de verde cuando le da la azul gana. Un azul que todo lo azula. Hasta la vista a quien asciende a Maunabo por el tramo que va de Punta Yeguas a Mala Pascua. Hasta la respiración a quien viaja hacia Manatí por Tortuguero y lo pasma la bella intranquilidad de las playas del sector. Hasta el espíritu a quien recorre la Parguera, el Bosque Seco, Vacía Talega, los farallones de Rincón, Isla de Cabras, Asomante, Jájome, el Bajo de Patillas, las mil elipses de Castañer a Adjuntas, Lago Carite, Caguana.

A lo mejor el país natal estruja el corazón más que habitarlo.

Cuando me ahoga la hambre de la cotidianidad tribal, cuando me ahoga la evocación del *Puerto Rico del alma* cantado por Noel Estrada, cuando me sitian la mente las cavilaciones del paisaje y el paisanaje boricuas, acorto la estadía en suelo extranjero y precipito el regreso a Puerto Rico.

Atrás queda la sonatina de olor que concierta el mercado Corona de Guadalajara. Atrás queda Cartagena de Indias, joya guarecida en un cofre de murallas. Atrás quedan los varios fisgoneos por el museo de Freud en Viena y una larga mirada a la pintura de Francis Bacon en la galería Lelong de París. Atrás quedan unas felices temporadas en Berlín y Río de Janeiro, en Madrid y Bogotá—a la orden estuve en la Meinekestrasse y la Rua Barata Ribeiro, la calle Ferrocarril y la calle perpendicular al Museo del Oro. Atrás quedan las docenas de librerías que inundan Buenos Aires y las noches de teatro londinense, los tranvías de Lisboa y las caminatas por Washington. Atrás queda Nueva York, mi ciudad favorita, la capital del Universo. Atrás quedan la desaparición de la persona en las cosmópolis y los provechos del anonimato. Atrás quedan lo vasto, lo multiconcurrido, lo extraño.

Adelante aguardan la gracia y la desgracia del país que cabe en una mano, las amistades absorbentes, los almuerzos que acaban a la hora de comer, el perenne tapón automovilístico, la burocracia gubernamental ineficaz. Adelante aguarda el revoltillo indiscriminado de lo mediocre y lo excelente. Adelante aguarda, en fin, la cárcel inalterable de lo familiar.

CÁRCEL DE AMOR

Lo familiar se deja sentir desde que el avión comienza a bajar y la costa isleña se perfila.Entonces, la impaciencia por la llegada anima a los pasajeros y el reconocimiento de los lugares familiares estalla, felizmente, a lo largo y ancho de la nave. Isla de Cabras, El Morro, Buchanan, el Hiram Bithorn, la Cantera, Isla Verde.

¡Cuántos sabores confluyen en dichos saberes!

Los reconocimientos preludian un entusiasmo que culmina en aplauso cuando el avión toca tierra. Un aplauso sostenido, sin preacordar, a punto de fraguarse en norma, a punto de constituirse en ritual. ¿Se aplaude el final sin contratiempos del viaje o el cumplimiento de la vuelta? ¿Se aplaude porque el subdesarrollo autoriza tan simpática puerilidad o se aplaude para atajar la lágrima? Nadie logra dar cuenta. Pero, el puertorriqueño aplaude, con candor y desenvoltura, con libertad y alborozo, cuando el avión toca tierra, *su* tierra.

La tónica familiar la implanta la bienvenida a cargo de la tribu, tumultuosa y besucona, que configura cada familia puertorriqueña. Con los besos sonoros y los abrazos que inmovilizan se firma el amor familiar en Puerto Rico, con el trenzado de apretones y el deshacerse en arrumacos, con las proclamaciones excesivas del querer. Uno, cinco, diez besos estrujados contra la cara del ser queridísimo no bastan a los miembros de la tribu para mostrar cuánto quieren. Si el amor familiar puertorriqueño no ondea como bandera o crepita como leña al fuego parece amor escaso, amor inconsecuente, amor debilitado por la ausencia.

A la bienvenida de la tribu en el aeropuerto prosiguen las harturas hogareñas que ponen a prueba la capacidad de almacenamiento de los estómagos. Tandas de arroz con pollo revestido de pitipuás y pimientos morrones. Tandas de habichuelas coloradas con arandelas de plátano maduro. Tandas de fricasé de cabro curado con naranja agria y aliñado con hojas de laurel . Tandas de vianda que humea. Tandas de asopao y de sopón. Tandas de cuanta sutileza elabora la cocina criolla—la tostonada, la pastelada, la gandingada, la alcapurriada.

El retintín se hace oír y el chismecito percibir si el recién llegado no se sirve más arroz con pollo, más fricasé de cabro, más vianda que humea, más asopao o sopón, más tostones, más pasteles, más gandinga, más alcapurria. El retintín y el chismecito prosperan si el recién llegado no se sirve una segunda y una tercera porción del postre que aportó a los rituales de la hartura la infaltable tía puertorriqueña—venerable miembro de la tribu con derecho a regañar y meterse en lo que no le importa. ¡La cazuela de pana hecha por Titi Cuca! ¡El majarete con gota de agua de azahar hecho por Titi Puruca! ¡El tembleque con raspadura de limón hecho por Titi Maruca!

De veras, el amor familiar puertorriqueño lo firma el abrazar muchísimo pero lo afirma el muchísimo tragar- causa de tanto chicho a la vista, causa de las tantas panzas que desafían los trajes de baño, causa de la grasa que nos une como apunta la escritora Magaly García Ramis con lucidez y sazón a punto. Que cuando se trata de frita, de fritura y de fritanga nadie embucha más que el puertorriqueño.

La memoria atávica del hambre debe ser la inductora del comer desmesurado que se practica en el Puerto Rico de hoy. Un comer vengador de las hambres viejas, cercano a la gula, rayano en el desenfreno. Pues hasta ayer se pasó hambre o se comió poco y mal aquí—arroz con tinapa, pana, funche con bacalao, guanime. Pues hasta ayer la comida que apenas satisfacía una boca había que repartirla entre cuatro o cinco bocas. De hecho, el respaldo masivo al Partido Popular Democrático, durante su periodo de triunfo incontestable, previo a su degeneración programática, mucho le debió a la ubicación privilegiada de la palabra *pan* en su vigorizante y promisorio lema.

Y PARIÓ LA ABUELA

A la familia numerosa de la consanguinidad se añade la familia huracanada de la vecindad. La

221

familia puertorriqueña no se contiene en el ámbito de la casa solariega. Por expansiva se sale del solar, brinca la verja de trinitaria, amapola o cruz de Malta que delimita la propiedad, se continúa en las casas de enfrente y de atrás, en las casas laterales. No se sabe si son, estrictamente, cosas de puertorriqueños los continuos préstamos vecinales de litros de leche y de tazas de azúcar, los intercambios de panadoles y de boferines, la reciprocidad de saquitos de ajíes con posturas de gallina insular. Sí se sabe que las tales cosas o las tales mañas apuntan hacia un toma y dame desprejuiciado y comunitario, hacia un apego sincero con el dar sencillo y sin pretención -un platito de tortitas de ñame acabaditas de freír, un platito de sesos recién rescatados de la sartén, un platito de *guineitos niños* fritos en mantequilla, que se abre camino por la verja de trinitaria, amapola y cruz de Malta que, convencionalmente, delimita la propiedad.

Parecidas socializaciones las confirman los mensajes que se traen y que se llevan por el patio y el balcón, la marquesina y el nuevo y encumbrado ámbito puertorriqueño donde estar y convivir—el *family room*; mensajes confirmantes de la férrea vocación aldeana que define al país. Los mensajes los emite un padre o una madre, una tía o un tío con vocación militar de manera que repercuten por el vecindario como si las profiriera el troyano Esténtor.

—A Titole que se saque la toba en cuanto llegue.

—A Pilarín que saque el pollo del *fríser*.

—A don Selmo que a doña Ninón se le atoró el carro.

—A Monse que Monsita está en *Me Salvé*.

—A Cachita que llame para atrás a Cefo.

—A Gume que don Genaro se murió de repente.

El provincianismo hasta el tuétano, la islería, la férrea vocación aldeana, son los causantes indirectos de tantos tuteos del alma, de tantas familiaridades silvestres, de tanta exagerada devoción por la familiaridad. Simétricamente, por mandato del provincianismo, la islería y la vocación aldeana, el echón y el presentao nada tienen que buscar por estos lares. Que cualquier repugnancia, necedad y defecto disculpan los puertorriqueños menos la repugnancia de la echonería y la necedad del presentamiento. Que todo se perdona en estos lares si la persona se comporta de manera sencilla, humildona y . . . familiar.

Otras familiaridades merecen reflexionarse, otras conductas familiares, otros asuntos de familia.

LOS PLACERES DE LAS PLAZAS

¡Nuestras familias son los ríos que van a dar a la mar que es el *shopping center*! La familia puertorriqueña, besucona y tribal, consanguínea y vecindal, se transforma en familión cuando las autopistas achican el país y la socialización colectiva se muda hacia los centros comerciales gigantes, hacia los *moles*. La familia puertorriqueña, el familión puertorriqueño mejor dicho, pulula los siete días de la semana por esa conquista ética del Primer Mundo que se conoce como el *mol*.

Aunque el país abunda en *moles*, para mortificación y amenaza de los negocios chiquitos que son los que padecen, bolsillo adentro, la fábula del tiburón y las sardinas, el *mol* puertorriqueño por antonomasia radica en los hatos que fueran del Rey en los tiempos de España y se llama Plaza Las Américas. En vez de catedral del consumo como lo insultan los sociólogos acibarados, en vez del más floreciente centro de ventas del Caribe como lo reivindican los agentes publicitarios, en vez de almacén donde se expende la apariencia como lo acusan los moralistas, el *mol* puertorriqueño por antonomasia debe ratificarse como el batey borincano de nuevo cuño o como el parque de diversiones más visitado por la sociedad puertorriqueña si se descuenta *Disneyworld,* esa flamante alternativa posmoderna al camino de Santiago, un camino peregrinado a billetazo limpio.

A Plaza Las Américas se va a ver, a dejarse ver y a comprar a veces. A Plaza Las Américas van los jóvenes a recordar que son jóvenes y los viejos a olvidar que son viejos. La sucesión de espejos y vidrieras, típica de los *moles*, facilita el narcisismo de los jóvenes. La gratificación ambiental impulsada por los acondicionadores de aire alivia el paseíllo de los viejos. El resto del familión va a Plaza Las Américas a modelar la edad que se resiste a adiosar la juventud, la edad temerosa de la vejez por debutar. En resumidas cuentas, a Plaza Las Américas va cuanto sujeto integra el familión puertorriqueño: el juvenilista y el envejeciente, el que despilfarra y el que economiza, el opulento y el medrador, el abastecido y el muerto de hambre, el recamado de virtudes y el defectuoso, el que peca por la paga y el que paga por pecar.

Tres coloquialismos mordientes, tres garabatos cuya pronunciación sobresalta el aire, sirven en Puerto Rico para describir las amistades estrechas, las amistades cuyas trabazones arremeten contra toda identidad individual: *uña y carne, culo y camisa, mugre y uña*. La inseparabilidad física que los tres consignan, mediante un referente escatológico por el que transpira la plebeyez, formula una eficaz imagen sobre nuestra incestuosidad social. Un incesto que se patentiza, día a día, minuto a minuto, en el *shopping center* Plaza Las Américas, mar donde se consuman nuestras vidas de consumidores.

La brevedad de la isla se paga, doblemente. En la *Reina del Palmar* todos somos hermanos de todos, primos de todos, compadres de todos, *panas* de todos, amigos de todos, vecinos de todos, conocidos de todos. En la *Isla Doncella* la amistad pesa más que la sangre, de manera que el trabajo de la justicia y el ejercicio del criterio, el reconocimiento imparcial y la adjudicación del mérito, se dificultan, se impiden. En el *Bello Jardín De América El Ornato* la orden del día son las intermediaciones personales, los favores descarados, las cartas de recomendación, las fianzas, los papelitos por debajo de la mesa, la exigencia vulgar de privilegios para el hermanísimo y el primísimo, para el amicísimo y el vecinísimo. En *Preciosa* todos nos desintegramos en una sola, una enorme familia.

En tanto que todos integramos una sola familia el derecho a la vida privada apenas se respeta o estipula. ¡Cuánta inesperada parentela! ¡Cuánto sabe cada quien del otro, cuánto sabe el otro de cada quien! ¡Cuántas intimidades se hacen públicas a la menor provocación! ¡Cuánta autobiografía se boconea en la guagua, en la antesala del médico, en la barbería y en el *biuti*, en la fila del supermercado! ¡Cuánta matrícula consiguen las asignaturas conducentes al bachillerato en chismología!

De un tiempo a esta parte, sin embargo, hay una familiaridad dolorosa que aguarda a quien vive aquí, una adicional a la impuesta por la tribu, el vecindario y el incesto; una familiaridad a distanciar, por igual, del animado friso costumbrista que diseñé, como de las hipérboles que tracé sobre los relieves del mismo. En esa temible familiaridad quiero detenerme, pasajeramente.

MATO, LUEGO SOY

Tanto como la imposibilidad de adelantar aquí algunos sueños, tanto como la pérdida colectiva de la tranquilidad, otras familiaridades amenazan a quienes viven aquí, ahora que el miedo, la sospecha y el terror se han integrado a la familia puertorriqueña en calidad de hijos legítimos, hijos certificados.

La violencia revuelve y mezcla todas las clases sociales de Puerto Rico, todos los apellidos, todos los oficios, todas las profesiones. La violencia revuelve y mezcla los buenos y los malos, los probos y los charlatanes, los que viven de sus manos y los que viven con dineros mal habidos. Incluso, la violencia puertorriqueña contemporánea desmiente las zonificaciones de la delincuencia que, antiguamente, autorizaban a estigmatizar los arrabales y los caseríos. Ahora la violencia nivela la poetizada inocencia del campo y la culpa prosificada de la ciudad. Ahora la violencia iguala el arrabal, el caserío, la urbanización medianera, el *duplex* con *jacuzzi*, el *triplex* con nidales donde empollan las aves del paraíso, las mansiones donde otrora la vida la alteraba, únicamente, la cháchara de las sirvientas uniformadas y el silbido de los jardineros que podaban los verdes campos del edén.

La nación puertorriqueña no la emblematizan, hoy, el flamboyán florido, la pava jíbara, el lechoncito a la vara y las restantes imágenes retocadas que fabricaron el guión subliterario de la mansedumbre nacional. La nación puertorriqueña la emblematizan, hoy, la reja, la metralleta con silenciador, la escopeta recortada y el infinito universo de imágenes sin retocar que fabrican el documental de nuestra desgracia colectiva. La práctica exagerada del candor moral se entrampa a sí misma, cuando diferencia, con un reglamento maniqueo, las víctimas y los victimarios. Mas, en cuanto las diferencias se asientan, en cuanto la realidad pone en jaque la significación de las palabras, se aclara que en este *trágico platanal de empobrecidos* que se llama Puerto Rico, todos somos víctimas y victimarios.

POR QUÉ PUERTO RICO ES POBRE

Desconstruir la tragedia que le florece a la violencia ha venido a ser un ejercicio rutinario para quien habita el pobre Puerto Rico. Una violencia singularísima, nada parecida a la que sufren el Líbano, El Salvador, Haití, Ruanda, Africa del Sur, Guatemala, Hebrón, Chiapas ; una violencia nada parecida a las violencias que ensueñan, por la vía de la pesadilla, unas futuras reivindicaciones.

Como lo oye a través de los noticiarios radiales y televisivos, como lo lee en los periódicos, quien vive aquí ya conoce e intercambia los detalles minuciosos del horror nuevo de cada día; un horror que envejece de seguido pues el horror novísimo lo suplanta, lo mejora, lo supera. *Estupro a niña de cinco años. Padre sodomiza a su hijo de ocho años. Car-jacking. Balacera. Robo. Asalto. Masacre. Quince asesinatos durante el fin de semana. Cuarentitrés bancos asaltados en lo que va del año. Más de ochocientos asesinatos con armas de fuego y armas blancas cada año.*

El anterior inventario de fatalidades no lo anima una tendencia morbosa o una vocación catastrofista. Tampoco lo prohijan la gratuidad o la neurosis aunque a la neurosis empuja. Sí responde el inventario al hecho indisputable de que el miedo, la sospecha y el terror han pasado a ser miembros legítimos de la familia puertorriqueña.

Suplicamos a quien se despide que telefonee, en cuanto arribe a su hogar, para asegurar que no le ocurrió percance alguno. Palidecemos si al entrar a un ascensor nos topamos con un pasajero solitario. Tapiamos cuanto resquicio podría advenir a paso de servidumbre del ladrón, del violador, del asesino. ¡Enrejamos hasta las tumbas! Los ladrones, ahora, se interesan por las muelas orificadas de los cadáveres, por las tarjas marmoleñas donde se inscriben los límites existenciales.

Reducimos el adorno de cadenas y sortijas para que no se diga que provocamos a los ladrones. Trabamos el guía, instalamos la alarma, cortamos la corriente y le echamos la bendición al automóvil cuando lo estacionamos en la calle—*Que Dios y Todos Los Santos te acompañen.* Encendemos la radio, si salimos del hogar, con la silvestre ilusión de despistar al posible ladrón. Apartamos un billetito de cinco, de diez, de veinte dólares de manera que, llegada la mala hora, el asaltante no se marche con las manos vacías, para que el asaltante no se enfade.

¡Nuevos trucos, viejos remedios, parches ingenuos para poder salir a la calle en Puerto Rico y no morir en el intento!

De la isla del encanto a la isla del espanto

El juego antinómico que dice *La isla del encanto se trocó en isla del espanto* permite la sonrisa de la derrota y nada más. El inventario de las fatalidades acaecidas reconoce un problema puertorriqueño sin precedentes y nada más. La fuga masiva hacia Orlando y otras quimeras parecidas, indica que cientos de puertorriqueños ponen mar de por medio ante la acometida de la delincuencia y nada más.

Pero, sin que el pesimismo se apropie del muñón a que se nos va reduciendo el alma, ¿se puede hacer otra cosa que no sea sonreír, inventariar y describir las fatalidades, fugarse hacia las quimeras que auguran una vida decente, sana, provechosa? Más aún, ¿existe una prescripción para esta catástrofe sin matices que ofende, hiere y avergüenza?

Unas preguntas paren otras.

¿Formula la violencia un problema de estricta índole partidista? ¿No sería más honrado rastrear el camino de la violencia hasta el seno mismo de la familia?; esa familia tribal y besucona en tantas ocasiones, pero caótica e indisciplinaria en tantas otras; esa familia que confunde la alcahuetería con la flexibilidad, el regaño con el desamor y el respaldo con la acrítica ¿No hay otras violencias, desapercibidas como tales, que enconan la conciencia y allanan los síntomas de la inutilidad y el fracaso? Me refiero a la violencia que representa el desempleo, la violencia que representa la politización hasta del aire, la violencia que representa la distancia abismal entre quienes tienen mucho y bueno y quienes tienen poco y malo, la violencia que representa la permanente subestimación de la nacionalidad puertorriqueña.

Finalmente, ¿no debería analizarse la violencia como el fruto amargo, rancio y podrido de un país feriado a todas horas, un país desordenado en el gasto y en el gusto, un país que ha confundido todas las prioridades, un país que ha viciado la responsabilidad elemental, un país disminuido por la dependencia a ultranza?

La orfandad de estas preguntas convoca las respuestas creadoras de todos cuantos aman este país. Los que se marchan porque les sobran las razones, porque los expulsa el sinsabor de la precariedad, porque juzgan irrazonable abreviar el horizonte de sus vidas y pelear las grandes batallas chiquitas que son el *Pan Nuestro* puertorriqueño. Los que se quedan porque, si bien los abruma el derrotero nefasto por el cual se aventura el Puerto Rico actual, si bien se saben cercados por la pudrición política, la chabacanería moral y la liviandad intelectual, no pueden sustraerse a la tentación arriesgada de vivir aquí.

Nota final

Textos rehechos llama el poeta Jaime Gil de Biedma aquellos que el autor modifica, pasado el tiempo. Juan Ramón Jiménez los llama textos revividos. Y cuando Lope de Vega enfrenta el verso claro al borrador oscuro no hace más que confesar las insatisfacciones que desfilan antes que la luz se haga en la página.

Algunos de los que recopilo en este volumen se podrían llamar, alternadamente, textos rehechos y revividos si no fuera porque prefiero bautizarlos con una categoría más cercana al reescribir insaciable que se ha convertido en la nota constante de mi taller creador -textos reescritos, textos emergentes de unos borradores poblados por los tachones, de unos borradores oscuros.

Los trabajos que componen *No llores por nosotros, Puerto Rico* han servido como vehículo de conferencias públicas, ensayos y artículos periodísticos. Cuando volví a leerlos, ávido de recuperar en ellos los trances del ojo negado al sosiego, comprendí que, unos y otros, por razones de diversa índole, admitían la reescritura y la puntualización conceptual. Gustosamente, a ellas dediqué unos largos meses. El desocupado lector que busque en las revistas y los periódicos las formas embrionarias de los mismos constatará la considerable transformación que han sufrido. No obstante, ya sea en la forma actual de una suma ensayística de idea y sentimiento, ya sea en la forma anterior de apuntes y variaciones sobre una obsesión, el tema central no es otro que mi país natal.

Algunos profesores de la Universidad de Puerto Rico, otros de la Universidad de la Ciudad de Nueva York, en el cumplimiento de la cordialidad que los caracteriza, me hicieron más de una sugerencia o se tomaron el trabajo de ofrecerme un dato aclarador. Son ellos Rafael Bernabe, Gonzalo Córdova, Raquel Chang, Edith Faría, René Garay, Hugo Rodríguez Vechinni, David Unger y María Vaquero. Otra amiga, María Mercedes Dalmau, me precisó unas normas a guardar en el índice onomástico. Agradezco, también, la solidaridad del editor Frank Janney. Y la colaboración infatigable de mi secretaria vitalicia, Sofía Ortiz Tirado. También aprecio las opiniones de mi hermana, Elba Ivelisse, a propósito de uno que otro texto y la asistencia en la corrección de mi sobrino, Fernando Luis Sánchez Rodríguez. Otros colaboradores a los que expreso mi gratitud son Rosa Montañez y Gorky Cruz, quienes me prestaron sus conocimientos de mecanografía.

Consigno en un párrafo aparte el nombre de Carmen Vázquez Arce porque sin su respaldo incondicional, que se tradujo en no sé cuántas gestiones, este libro no se hubiera materializado. A ella lo dedico.

Luis Rafael Sánchez
San Juan, Puerto Rico
10 de agosto de 1997

INDICE ONOMASTICO

238

E

Echegaray José, 131
Electra, 40
El Hombre, 138
El Macho Camacho, 115-125
El Oyente, 123
El Radio Escucha, 123
El Topo, 163
Eluard Paul, 78
Elvira Rafael, 12
Ellgee Williams, 117
Elliot T.S., 107
Emma Bovary , 6, 174
Empédocles, 69
Ensesberger Hans Magnus, 59
Espada Martín, 158
Espinosa Victoria, 136
Esslin Martin, 59
Esténtor , 222
Estrada Noel, 218
Estragón, 74
Estuardo María, 10
Eulalia, 176

F

Faría Edith, 234
Faulkner William, 34
Feliciano Félix, 170
Fernández de Ardavín Luis, 131
Fernández Nydia, 157
Fernández Ruth, 216
Ferré Luis, 203, 204
Ferré Rosario, 61,121,156
Feydeau Georges, 13
Figueroa Edwin, 154
Flaubert Gustave, 4,106,128,174
Fogel Jean Francois, 78

Franco Francisco, 34
Friedman Milton, 190
Freud Sigmund, 9,64,218
Fuentes Carlos, 171, 206

G

Galeano Eduardo, 49
Gallego Laura, 155
Garabombo el Invisible, 48
Garay René, 234
García López Francisco/
Antonio-Toño Bicicleta, 39-51,
183
García Lorca Federico, 130,
132, 162
García Márquez Gabriel, 58,
59, 81, 105, 161, 171
García Ramis Magaly, 157, 221
Garrastegui Anagilda, 154
Gautier Benítez José, 217
Gide André, 79
Gil de Biedma Jaime, 98, 233
Gloria Bayoneta, 136
Godot, 74-75
Goldoni Carlos, 130
Gombrowicz Witold, 135
Goethe Wolfgang, 106
González José Luis, 150-153
Gorostiza José, 80
Goytisolo Juan, 81
Grau Enrique, 171
Greene Graham, 85
Gretchen, 176Guare John, 133
Guevara Ernesto- Che, 155
Guillén Nicolás, 199
Gume, 222

Lynch Charles, 21

LL

Lloréns Torres Luis, 177
Lluch Mora Francisco, 154

M

Macho Camacho el , 115-127
Madonna, 44,209,212
Maggie, 138
Mahoma, 171
Mailer Norman, 60
Malaret Marisol, 183
Mamá Yoyó, 130
Mamón, 182
Manuel González Astica, 117
Manuel Manny, 177
Manrique Jorge, 82, 106
Mao-Tse-Tung, 155
Margenat Hugo, 154
Mariana Rebull, 174
Marín Gerard Paul, 154
Martí José, 116
Martínez Capó Juan, 154
Martínez Tomás Eloy, 61,110
Martorell Antonio, 15
Marqués, René, 151,152,154
Marzán Julio, 158
Marx Carlos, 110
Mastretta Angeles, 61
Matos Paoli Francisco, 171
Maurois André, 79,104
Meléndez José Ramón, 158
Meléndez Priscila, 144
Melibea, 117
Meredith Scott, 60
Miss Manners, 8

Mohr Nicolasa, 158
Moliere, 106,164
Molinita, 111
Monse, 222
Monsita, 222
Montañez Rosa, 234
Montero Mayra, 61,156
Morales Jorge Luis, 155
Moré Benny, 121
Moreno Durán/
Rafael Humberto, 61
Morrison Toni, 112
Mozart Wolfgang Amadeus, 7
Muñoz Rafael, 12
Muñoz Marín Luis,
155,183,199
Muñoz Saampedro/
Guadalupe, 131
Murieta Joaquín, 48
Mutis Alvaro, 171

N

Naipaul V.S., 85,94
Neruda Pablo,
94,80,94,98,127,128
Nieves Mieles Edgardo, 157
Niña de Guatemala la, 116
Nolla Olga, 157

O

Oliver, 197
Onán, 116,117
Orgier Bulle, 3
Ortiz Piculín, 207
Ortiz Cofer Judith, 158
Ortiz Tirado Agueda, 89
Ortiz Tirado Sofia, 234

Rivera Ismael- Maelo, 47
Rivera José Eustasio, 60
Rivera Juan Manuel, 158
Rivera Rosa Rafael, 16
Robbe-Grillet Alain, 104
Rocinante, 119
Rodríguez Alberto, 135
Rodríguez Frese Marcos, 156
Rodríguez Juliá Edgardo,61,151, 156
Rodríguez Nietzche, Vicente, 157
Rodríguez Torres Carmelo, 23, 157
Rodríguez Vechinni Hugo, 234
Rohena Roberto, 47
Rojas Fernando de, 130
Romero Barceló Carlos, 168, 203,204
Rondeau Daniel, 78
Roosevelt Teodoro, 168
Rosa Guimaraes, 98
Rosa José, 15
Rosa Merced Luis, 50
Rosalía Pipaón de Bringas, 6
Rosas Juan Manuel, 140
Roselló González Pedro, 203, 204
Rueda Manuel, 80
Ruiz Belvis Ramón, 150
Rulfo Juan, 99

S

Sáez Burgos Juan, 170
Sagan Francoise, 78
Salgado César, 158
Salinas Pedro, 176
San Basilio Paloma, 212

Sanabria Santaliz Edgardo,157,107
Sánchez Cruz Adelina, 121
Sánchez Cruz Luis, 89
Sánchez Ortiz Elba Ivelisse, 89,121,234
Sánchez Ortiz Luis Rafael, 89,169
Sánchez Ortiz Néstor Manuel, 89
Sánchez Rodríguez/ Fernando Luis, 234
Sand George, 128
Santiago Esmeralda, 158
Santiago Marvin, 50
Santisteban Ana, 19
Santos Rafaela, 12
Santos Mayra, 23,157
Sartre Jean Paul, 59, 175
Schaeffer Peter, 133
Scherezada, 111
Schiller Federico, 11
Schneider Rommy, 7
Segal Eric, 197
Sepúlveda Luis, 61
Serra Deliz Wenceslao, 157
Seyrig Delphine, 3
Shakespeare William, 106, 191
Shaw George Bernard, 130
Silva Myrta, 121
Sissi, 7
Solzhenitsyn Alexander, 109
Somoza Anastasio, 53,55,56,69
Soto Pedro Juan, 153, 171
Sotomayor Aurea María, 158
Stendhal Henri, 34
Stone Robert, 59
Storey David, 95

Z